KB179018

캠프파이어

오프닝 그래픽
조은혜

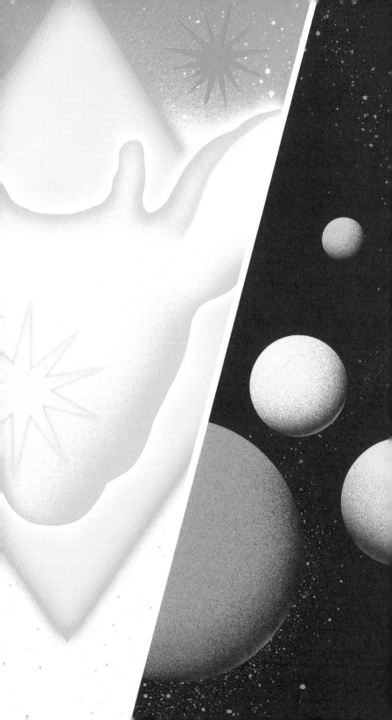

캠프파이어

캠프파이어

설재인
X
오프닝 그래픽
조은혜

# 차례

⊘

⊘

0

＊

세상이 끝장났을 때 우리는 식어 빠진 감자튀김을 사이에 두고 앉아 있었다.

# 1

*

　호은이 잘만 하던 연락을 뚝 끊은 것은 그 애가 대학교 3학년 2학기의 중간고사를 준비할 무렵이었다. 나는 누군가를 만나 얼굴을 앞에 두고 이야기 나누는 것을 퍽 어려워해서 별로 좋아하지 않았는데, 막상 싫은 티를 내진 못했다. 약속을 앞둔 2주 전부터 쓰려오는 위장을 부여잡고 스트레스를 견뎌야 했지만 막상 약속 장소에 도착하면 밝은 미소를 띠고 열심히 대화에 참여하며 박수를 짤깍짤깍 쳤다. 이런 내심을 알고 있는 사람은 극히 드물었는데, 호은이 그중 하나였다.

호은의 연극을 보러 간 적이 있다. 아마도 호은이 대학교 1학년이던 해의 여름이었을 것이다. 그때 호은은 연극 연합 동아리에서 주연을 맡았는데, 극본이나 동료에 대해 자주 툴툴거렸다. 원래는 각본이나 연출에 관심이 많던 아이였으나 남자 선배들에게 밀려 관심사엔 손도 못 댄 채, 남편에게 버려진 미친 여자의 역할을 연기해야 했으니 더 불만이 컸다. 그러나 일부러 맨 뒷좌석에 자리를 잡아 어둠 속에 파묻힌 나는 소복 비스무리한 치마저고리 차림의 호은이 무대 위에서 연기를 할 때 하염없이 눈물을 흘렸다. 스무 살짜리는 '빨았다'고 표현했던 극본이 알고 보니 내게는 퍽 최루성이던 까닭도 있었지만, 무엇보다, 저 애가 얼마나 절박하게 연극이란 것을 사랑하는지, 그리고 그렇게 창작의 궤도를 맴돌다 현실과 돈이라는 거대 행성의 인력에 이끌려 사라져간 젊은이들이 또한 얼마나 많았는지를 떠올릴 수밖에 없었기 때문이었다. 그 인력에 저항해 끝까지 창작의 궤도에 남은 나는 그래서 가난했으며, 앞으로 선택을 내려야 하는 호은은 어느 쪽을 택하든 몸과 마음 중 하나는 가난할 수밖에 없는 삶을 살 거라는 게 못내 억울했다. 호은만큼은 나처럼 어쩌다 멋대로 휘갈겨 쓴 이야기로 먹고살게 된, 인정받지 못하는 대중 소설가 같은 게 아니라, '예술가들'마저 예술이라 인정할 수 있는 그런 예술가가 될 수 있다고 믿었으니까.

나는 호은이 고등학교에 입학했을 때 담임을 맡았고, 호은이 고등학교를 졸업한 다음 해 교직을 그만두었다. 퇴직하기 직전의 2년 동안에는 우울증 진단을 받았고 원형 탈모에 시달렸으며 하루는 수면제를 조금 많이 먹었지만 이불을 토사물로 더럽힌 것으로 그쳤다. 냄새나는 이불을 세탁기에 넣으며 아주 오래 울었는데, 우울증에 시달리는 새싹들 앞에서 누가 누가 더 힘든 나날을 보내나 경쟁하는 것처럼 보이는 것은 직업 윤리에 어긋나는 일이라 여겼으므로, 퉁퉁 부은 눈두덩이에 진한 색의 아이섀도를 치덕치덕 발라 눈이 커 보이는 착시 현상을 바라며 출근했다.

나 자신을 죽이지 않고 살아남는 행위가 너무 벅찼기에 내 시야에서 벗어난 호은이 어떻게 그 시간을 견뎠는지는 몰랐다. 어쨌든 호은은 재수를 했고, 내가 교직을 그만두던 2월, 자신도 대학교에 합격했다며 만나자고 했다. 나는 굴짬뽕으로 유명한 중국집을 약속 장소로 잡았는데 알고 보니 호은은 굴을 비롯한 대부분의 해산물을 먹지 못했다. 호은은 그곳에선 아무도 주문하지 않는 짜장면을 시켜 맥 빠지게 한 가닥씩 먹었다. 그리고 나는 집에 와서야 깨달았다. 학교에 사표를 낸 후, '이제 뭐 하게?'라는 질문을 받지 않은 만남은 호은과의 식사가 처음이었다는 사실을.

* * *

대학교 졸업반이 된 호은의 근황을 전해준 사람은 호은과 고등학교 내내 같은 반이었으며 호은이 다니는 대학에 1년 먼저 진학한 S였다. S는 가끔 내게 연락해 식사 약속을 잡았다.

"쌤. 정호은이 쌤한테도 연락 안 하죠?"

"그러고 보니 작년부터 안 하긴 했어. 난 뭐 그냥,

이제 졸업반 되니까 바쁘겠거니 생각했는데."

"쌤 아니에요. 걔 좀 심각해요. 상태가 좋지 않대요. 지난달에 대박 사건 났어요. 벌써 우리 사이에선 쫙 퍼졌어요. 그 얘기."

'상태가 좋지 않다'는 게 의미하는 바가 대체 뭘까. 옛 사제 관계에서 오는 일종의 의무감으로 S를 만나긴 했지만 나는 사실 그 애가 타인의 사정을 가십으로 소비하는 행위가 항상 불편했다. 특히, '당신은 나 아니면 이런 소식 들을 정보통이 없잖아'라고 말하며 으스대는 듯한 태도가 가장 참기 힘들었다. 어쩌면 S는 자신의 가치를 증명하기 위해 억지로 나를 만나는지도 몰랐다. 혹은 나라는 인간을 알고 있는 것을 조금 특이한 트로피처럼 생각하거나.

그러나 S가 전해준 사건은 실제로 자못 충격적이었다.

호은이 사는 원룸은 방음이 잘 되지 않았다. 수도꼭지를 틀면 옆방 사람이 수도 돌아가는 소리를 들을 수 있을 정도였다. 여기까지 들었을 때 나는 서울 시내에서 흔히 목격할 수 있는 층간 소음 따위의 이야기가 나오겠거니, 하고 안일하게 생각했다.

어느 날 밤의 일이었다. 2시간 넘게 수도가 멈추지 않고 작동하는 소리에, 불면증을 앓던 옆방 남자는 눈을 동그랗게 떴다. 이윽고 폭우가 내리는 것처럼 물줄기가 단단한 바닥을 향해 떨어지는 소리가 원룸 건물을 가득 울렸다. 새벽 4시가 다 된 시각이었다. 남자는 덜덜 떨며 현관문을 열었다. 복도는 온통 물난리였고, 호은의 방 현관문 틈에서 물줄기가 울컥울컥 쏟아지는 중이었다.

"그래서 경찰에 신고를 하니까 경찰들이 그 새벽에 열 명 넘게 떼거지로 몰려왔대요. 혹시 누굴 죽이고 핏자국을 씻는 거 아니야, 뭐 이런 생각이었겠죠. 경찰도 오고 하니까 사람들도 잠 깨고 다 구경 나왔대요. 그런데 쌤, 대박인 건 있죠. 경찰이 문 따고 들어갔을 때 정호은은 자고 있었대요. 축축해진 매트리스 위에서. 물 차오르는 것도 모르는 채로. 싱크대랑 화장실의 모든 배수구를 막고 물을 틀었는데 본인은 기억도 못 하더래요."

"그런데 이 일을 네가 어떻게 아니?"

"그 옆방 남자가 경찰들한테 정호은 신상 꼬치꼬치 캐물었나 봐요. 자기가 신고자니까 알아야 한다고. 범죄자일 수도 있는 거 아니냐고. 그 남자도 저희 학교 학생이었어요. 에타에 글 올렸어요. 진짜 이름만 안 썼다 뿐이지, 신상 거의 다 까서."

아마 내가 호은에게 연락을 먼저 한 것은 S의 말 때문이었을지도 모른다.

"근데 정호은 걔, 일부러 사고 친 게 아닐까요? 걔 특이하고 싶어서 안달난 애잖아요. 그런데 자꾸 평범해지는 거 같으니까 막 나가는 거죠. 그렇지 않고서야 어떻게 그런 일이 생겨요? 말도 안 돼."

아, 쌤은 그래도 정호은이랑 친했었죠? 어쨌든 그랬다고요. S는 그렇게 말하며 기름이 둥둥 뜬 모츠나베의 국물을 떠먹었다. 나는 입맛이 없어져 수저를 내려놓고는 하이볼만 들이켰다. 쌤 한 잔 더 마실래요? 내가 사는 거잖아요. S의 말에는 고개를 저었다. 한 잔 더 마시면 그만큼 더 오래 앉아 있어야 했다.

한참을 고민하다 마침내 호은에게 메시지를 보낸 것은 동네로 돌아오는 버스가 양화대교를 지날 때였다. 저 난간만 뛰어넘으면 모든 고통이 끝날 거라고 확신한 채 몇 시간이고 걷던 시절이 생각나서.

호은에게선 예상보다 금방 답장이 왔다.

맥주나 사주십쇼, 라는.

## 2

＊

작은 규모의 감자튀김집엔 우리밖에 없었다. 점심
도 저녁도 아닌 애매한 시간대였다. 둘밖에 없는 직
원들은 함께 나가서 담배를 피우던 중이었다.

그때 갑자기 탁, 하는 짧은 소리가 무시할 수 없는
데시벨로 울렸다. 그러니까, 어떤 느낌의 소리였냐
면, 긴 손톱 두 개를 서로 맞부딪치는 듯한. 그 소리
를 대단히 큰 볼륨으로 재생하면 비슷할 것 같았다.
이게 뭔 소리야? 나는 놀라 물었고 호은은 대답도 없
이 어깨만 으쓱거렸다.

아무리 기다려도 종업원들이 들어오지 않아서 나

는 맥주 생각을 잠시 미뤄두고 대신 화장실에나 다녀오겠다며 일어났다. 카운터에 걸린 화장실 열쇠를 집어 들고, 출입문을 열었다.

그때 나를 돌아본 것은 아마도 사슴들 같았다.

아주 완전한 사슴들은 아니었다. 왜냐하면 이족보행을 했으니까. 차라리 사슴 머리를 한 인간이라고 칭하는 게 맞을지도 모른다. 머리에 붙어 있는 뿔은 농장에서 기르는 사슴들의 것처럼 아주 짧았다.

그 눈 몇십 개가 동시에 나를 돌아보았다.

나는 문을 닫고, 뒷걸음질 쳐 다시 호은의 앞에 앉았다.

사슴들은 맥줏집의 안에 끝도 없이 들어왔다. 스무 명… 마리… 명쯤 들어왔는데도 계속 밀려들었다. 그러고서는 우리를 둥글게 에워쌌다. 그 어떤 말도 행동도 없이 바라보기만 했다. 그 큰 눈으로.

처음엔 무서웠지만 한 시간쯤 지나니 지루해졌고 두 시간 후엔 화장실에 가고 싶어졌다. 호은은 핸드폰을 들어 두 시간 전부터 그 누구도 SNS에 게시물을 업데이트하지 않은 것을 보여주었다. 그러더니 빽빽하게 들어찬 사슴들을 비집고 밀치며 밖으로 나가려 시도했다. 사슴들은 움직여주지 않았다.

"이게 세상의 끝이라면 지금껏 모두들 아등바등 살아왔던 게 너무 허무해지는데요. 너무 좋다. 드디어 세상이 멸망했어."

"너무 좋다고 말하기엔 네가 지금 손을 꽤 떨고 있는데."

"근데 얘네 뭐예요? 언제 가요?"

"내가 어떻게 알아."

우리는 눅눅해진 감자튀김을 한참 쳐다보았다. 그러다가, 문명인답게 행동하자고 합의했다.

"가방 챙기고 코트까지 입은 다음 나가겠다고 정중하게 부탁하면 길 열어줄지도 몰라요. 아깐 내가 너무 폭력적이었어. 반성합니다."

호은의 예상은 맞아떨어졌다. 다만 우리는 나가자마자 다시 가게로 돌아와야 했다. 아깐 거리에 가득한 사슴들에게 정신이 팔려 길 위에 길게 늘어진 사람들을 보지 못했는데.

사람들은 모두 종이 인형처럼 납작해졌다.

그 상태로 비닐봉지처럼 길거리에 아무렇게나 뒹굴었다.

   바람이 불어오자 날거나 퍼덕거렸다.

   누군가 아무렇게나 그려 오려낸 그림이 되었다.

   움직이지도 말하지도 생각하지도 못하는 그림.

   우리 둘만 삼차원으로 남았다.

3

*

  그리고 사슴들은 우리를 자기네 행성으로 끌고
왔다.

4

*

사슴 행성의 밤하늘에는 3.5개의 달이 떴다. 쩜오라는 건, 제멋대로 어떨 땐 뜨고 어떨 땐 꽁무니도 보이지 않는다는 이야기다. 그 쩜오 분량의 달이 바로 지구였다.

사슴들이 왜 영어도 아닌 한국어를 유창하게 쓰는게 가능한지 우리는 묻지 않았다. 지는 것 같아서, 궁금한 티를 절대 내지 않기로 둘이서 암묵적으로 합의했다. 대신 서로에게 속삭이며 말도 안 되는 상상을 함께 나눴다. 아마 생각은 영어로 하겠지. 지구인들과 친해지기 위해 지구에서 가장 센 나라의 언어를 공부했을 거 아냐. 내가 말하자 호은은 대답했다. 그게 미국이에요? 중국 아니고? 그래서 난 생각했다. 미국이라 주장하는 것이 혹시 이미 내가 기성세대가 되어버렸단 걸 증명하는 꼴인가? 그래서, 사슴들이 이 언어를 얼마나 오래 공부했을까, 아마 소련이 무너지던 때부터 계속, 쭉, 러시아어와 영어를 모두 공부할 엄두는 나지 않아 한쪽이 무너져 내릴 때까지 기다리지 않았을까, 이런 상상을 처음부터 혼자 했단 사실은 호은에게 말하지 않았다. 더 옛날 사람 같아서.

사슴들은 어떠한 종류의 악의도 전혀 가지지 않았다고 주장했다. 옛 사람들이 달에 가서 방아 찧는 토끼와 만나는 상상을 했던 것처럼 이들도 그와 비슷하게 지구에 가고 싶다는 염원을 품고 있던 모양이었다. 특히 매일 똑같이 뜨는 다른 두 개의 달과 달리 제멋대로 뜨고 지는 지구는 몹시 신비로운 곳이 아니었을까.

그러나 왜 그런 방식으로 도착해야만 했나. 그 역시 알 수 없어서 우리는 또다시 이유를 멋대로 지어

냈다.

　이것은 호은의 공상. 사슴들의 우주선은 이착륙시 방귀를 뀌는 걸지도 몰랐다. 로켓이 발사될 때 나는 연기와 비슷한, 그러나 지구인의 눈에는 보이지 않는, 뭐 그런 건데. 어쨌든 그 방귀가 신비로운 지구인에게 치명적이라는 걸 사슴들은 알 턱이 없었다. 한 번도 지구인들을 만난 적이 없었으니까. 그래서 전 세계의 지구인들은 모두 2차원의 종이 인형이 된 것이다.

　아름다울 거라고 상상한 지구에 도착했는데 너무 지저분해 짜증이 나는 바람에 그냥 다 뭉개버린 것이 아닐까, 하는 것은 나의 삭막하고 얄팍한 공상이었다.

　왜 우리 둘만 납작해지지 않고 살아남았을까.

　우리가 알 턱이 없었지만, 너무나 무료했기에 나와 호은은 바닥에 벌러덩 드러누워 하루에도 50번씩 서로에게 물었다. 우리 감자튀김에만 향정신성 성분이 들어 있었나.

* * *

"저를 이브라고 부르세요."

우리의 간수(호은의 언어였다), 혹은 사육사(역시 호은의 어휘였다)를 맡은 사슴이 말했다. 전통적으로 아주 오랫동안, 전 지구적인 죄인으로 가장 많이 호명된 이의 이름을 일부러 딴 걸까.

사슴들은 종이 인형이 된 지구인들을 포개어 끈으로 묶은 뒤 자기네 행성으로 가져왔다. 그러더니 책이 가득한 도서관처럼 지구인을 보관할 장소를 마련했다. 80억을 다 가져온 건지는 확신이 서지 않았으나… 지구인 보관소는 나와 호은의 거주지에서 겨우 50미터 정도만 걸어가면 도착할 수 있는 건물이었다. 사슴들은 그 건물의 이름을 '기억의 탑'라 불렀다. 기억의 탑은 무슨, 지구 박제 같은 거지. 내 말에 호은은 고개를 저었다. 쌤, 지금도 지구는 잘 살아 있을 거예요. 인간들이 없을 뿐이지.

그렇다면, 기억의 탑이란 이름은, 섣부른 자신들의 판단으로 삶을 뺏긴 생명들을 기억하겠다는 식의

24

퍽 간편하고 시혜적인 자세에서 나올 수 있는 이름
은 아니었을까.

우리는 탑에 가족과 지인을 찾으러 한 번 발을 들
이긴 했으나 너무나 방대한 더미 앞에서 할 말도 움
직일 의욕도 잃은 채 손가락으로 두루마리들을 몇
번 뒤적거리는 것이 고작이었다.

"쌤."

"응?"

"쌤은 꼭 저 중에서 가족이랑 친구들을 찾아야겠
어요?"

잔뜩 포개진 종이 인형 더미를 헤치느라 건조해진
손끝을 문지르며 호은이 물었다.

"그 정도로 소중했어요? 사랑했어요?"

나는 호은이 무슨 말을 할지 알 수 있었다. 비슷한
말을 호은은 이미 고등학교 1학년 때 담임, 그러니까
나의 앞에서 했었다. 나는 상담 일지에 적어 부장 교
사에게 보고했다. 유의미한 우울 증세를 보임. 공격
성이 의심됨. 주의군.

"저는 그립지도 보고 싶지도 슬프지도 않아요."

* * *

끼니는 놀랍도록 잘 나왔다. 너무나도 미국식이긴
했지만.

고등학생 때도 깡말랐던 호은은 이젠 정말 피골이
상접한 수준이었다. 샐러드엔 손도 대지 않았고 토
스트는 한 입 먹고 내려놓았다. 노른자가 뚝뚝 떨어
지는 서니사이드업엔 질색했으며 소시지에 입술을
댔다 떼긴 했는데 변한 게 없어서, 설마 핥아 먹으려
는 건가 하는 생각이 들었다. 걔는 이제 포션 버터의
포장을 연 후 나이프를 이용해 콩알만큼 떠서 입 속
에 집어넣고 있었다.

"포크 써. 나이프 위험해."

당연히, 들은 척도 안 했다.

나는 내 몫의 음식을 다 먹었다. 씨리얼에 우유까
지 말아 입에 집어넣었다.

"행복하다."

맞은편에서 호은이 중얼거렸다.

감자튀김 앞에서 호은은 그런 말을 했었다. 쌤 대

학 나오고 바로 취직했다고 그랬나요? 쌤네 동기분들도 다 그랬죠? 쌤 그거 알아요? 저 이제 스물넷이에요. 4학년인데. 지난주에 학교에서 취업 상담 받았는데 진짜 너무 절망스러워서… 쌤 저 내일 컴활 결과 나와요. 진짜 뻥 안 치고, 컴활 울면서 공부했는데. 하기 싫어서. 시험 보자마자 머릿속에서 다 삭제됐는데 저 만약 떨어지면 어떡하죠? 그러면 다시 처음부터 공부해야 될 거 같은데요?

"난 네가 이렇게 착하게 취준 하고 있단 거 아직도 안 믿겨. 연극 그만뒀다는 것도 안 믿기고. 아무 글도 안 쓰고 있다는 것도 못 믿겠어."

"귀찮아졌어요. 그런 거. 머리 빠지도록 사람들이랑 싸우면서, 아무도 보러 오지 않을 연극 만드는 거. 오늘은 진짜 괜찮은 문장 쓴 것 같다고 기뻐하면서 한숨 자고 일어나 다시 보면 거지 같아서 얼굴 벌게질 글 쓰는 거. 그런 거 다 귀찮아졌어요. 누군가 하겠죠. 굳이 내가 할 필요가."

근데 좀 웃기죠. 이렇게 단단히 다짐했는데도 내가 어딘가에 취직을 할 수 있을 거란 자신감이 한 톨

도 생기지 않으니 말이에요. 호은은 괜히 남은 감자
튀김의 개수를 세며 조용히 덧붙였다.

나와는 딱 열 살 차이가 나는 호은의 세대가 직면
한 절망을, 나는 내 또래들 중에서는 그나마 잘 알고
있는 편이었다. 아무래도 그 애들을 담임했던 전적
이 있었으니까. 연남동에서 S가 은근히 뻐기며 말했
던 것이 사실이라면, 내가 담임했던 학급의 아이들
중 두엇을 제외하고는 아무도 어딘가에 정규직으로
취직하지 못했다. 세상이 멸망할 때까지. 그리고 그
아이들에게 대학만 잘 가면 인생이 황금빛으로 변할
거라고 교단에 서서 뻔뻔하게 사기를 치며 청춘을
희석시켰던 사람은 바로 나였다.

그렇게 거짓을 말해 놓고 이제 와서 취직의 바늘
구멍 앞에 선 아이에게 글이며 연극을 운운하는 게
얼마나 기만적인 행위인지 나는 알면서도, 그러면서
도 아쉬워서 자꾸만 내 죄를 망각하고 실언을 했다.

# 5

＊

"호은이 매일 가장 빛이 밝은 때를 맞춰 기억의 탑에 가는 사실을 알아요?"

파프리카를 우적우적 씹는 내 앞에서 이브가 턱을 괴더니 물었다. 나는 이브가 너무나 '인간 같은' 포즈를 취할 때마다 흠칫흠칫 놀랐다. 그러니까, 지구에서 태어나 오래 산 나는 어떠한 생물을 마주할 때 지구의 중력을 거스르지 않는 작동 방식을 아무런 숙고 없이 기대했기에, 본디 사족 보행을 하기에 알맞은 무게 중심과 골격을 가진 게 분명한 사슴이 그 예상과 어긋나는 모습을 보이면 불안했던 것이다. 차라리 놀이공원에서 보이는 것처럼 사슴 탈을 쓴 인간이었다면, 그 정도로 헐렁하고 조악해 보였다면 수용하기 쉬웠을지도 몰랐다. 그러나 피부로부터 들뜸 없이 착 달라붙어 자란 털과 그 아래 보이는 근육의 모양새, 그리고 사람 머리 후려치기 딱 좋게 생긴 견고한 발굽 같은 것 때문에 이브는 나를 더욱 불안하게 만들었다. 아니 일단, 저렇게 딱딱한 발굽에 저토록 앞으로 길게 뻗은 턱을 올리면, 불편하지 않을까? 게다가 저 긴 주둥이로 어떻게, 사람의 발음을 오물조물 뱉을 수 있는가?

"몰랐어요."

"당신에겐 말했을 줄 알았는데요."

"간섭받는 걸 싫어하는 애라 어디 가냐고 묻지 않았어요. 여긴 딱히 위험한 곳도 아니고. 걔도 어른이잖아요."

이브는 눈가를 조금 찌푸렸다.

다음 날 호은이 집을 나가는 소리가 들리자마자 나는 조용히 방을 나서서 호은의 뒤를 따랐다.

호은은 코앞에 있는 기억의 탑으로 바로 향하지

않았다. 대신 반대쪽으로 돌아나갔다. 우리의 집에서 가장 큰 통창으로 바라볼 수 있는 곳이었다. 새파란 갈대숲 사이로 나 있는 길. 흐늘거리며 그 길 위를 돌아다니는 사슴들. 파란색은 지구의 생태계에서 가장 인색한 빈도로 합성되는 색이라는 사실을 어느 책에서 읽었던 기억이 났다. 파란빛을 띠는 색소를 몸에 지닌 척추동물을 인간은 딱 두 종밖에 발견하지 못했단 것을. 그래서인지 파랑은 갖가지 색 중에서도 가장 늦게 이름이 붙은 편이라고 했다. 그때까지 사람들은 시시각각 변하는 하늘의 색을, 일렁이는 바다의 색을 뭐라고 불렀을까, 아니면 혹시 하늘과 바다가 색을 가지고 있다는 사실 자체를 인지하지 못했을까, 하고 그 책은 물음을 던졌다. 나는 한때 그걸 잘 아는 지식인 양 아이들에게 들려주곤 했다. 어느 날 호은이 물을 때까지.

그 두 종이 뭔데요?

한 번도 궁금해하지 않았단 게 창피해서 다시는 입에 올리지 않았다.

호은은 길을 따르지 않고 굳이 그 갈대숲을 헤쳐

걸었다. 싸락싸락. 바람이 부는 방향과 박자와는 엇
갈리는 갈대 소리에 사슴들이 잠시 호은의 쪽으로
시선을 돌렸다가, 다시 길에 고정한 채 걸었다. 나는
호은에게 들킬까 두려워 갈대숲으로 따라 들어가진
못하고, 언뜻언뜻 보이는 그 애의 뒤통수를 주시하
며 뛰듯 길 위를 걸었다. 키가 큰 갈대를 헤치고 있
으면서도, 호은은 걸음이 빨랐다.

해가 더 높이 떴다. 이브가 말했던 게 기억났다.
가장 빛이 밝을 때에 맞춰 기억의 탑으로 향한다는
말. 이제 곧 그때였다. 호은이 시간을 맞추려면 지금
돌아서야 했다.

호은이 우뚝 서더니 소리를 빽 질렀다. '으악'과
'끄악'의 중간 지점쯤으로 들리는 소리였다. 사슴들
이 일제히 눈을 크게 뜨고 그쪽을 돌아보았다. 그리
고 나는, 사슴들보다 더 놀랐다. 쟤가 미쳤나? 나는
나도 모르게 갈대숲으로 뛰어들어 호은을 향해 재게
걸었다. 발이 무른 흙 속으로 푹푹 빠져들었다. 자꾸
갈대들이 진로를 가로막고 몸을 간질여서 화가 치밀
어 올랐다. 미쳤냐고. 나는 중얼거리기 시작했다. 저

치들이 본색을 언제 드러낼지 어떻게 알고 저렇게 제멋대로 행동하냐고. 죽은 듯 살아도 모자랄 판에 죽고 싶어서 안달이 났어, 쟤는, 진짜! 저 나이 먹고 아직도 애처럼! 못 살아, 진짜!

서너 걸음만 더 걸으면 호은의 어깨를 잡을 수 있을 정도로까지 가까이 갔는데, 갑자기 개가 길 쪽으로 몸을 돌리더니 다시 갈대를 헤치기 시작했다. 곧 길로 올라선 그 애는 머리와 옷을 털었다. 파란색 갈대 부스러기가 흩날렸다. 그러고는 사슴들을 요리조리 피하며 달리기 시작했다.

나는 개헤엄을 치는 것처럼 서투르게 갈대숲을 벗어났다. 재채기가 날 것 같았다. 코를 풀면 진득한 파란색 코딱지가 나오겠지. 호은은 계속 뛰어가고 있었다. 우리가 살고 있는 집을 넘어, 반대편에 위치한 기억의 탑 쪽으로. 나는 호은이 뜀박질을 세상에서 가장 싫어한다는 사실 역시 알고 있었다.

문득 갈대숲을 돌아보자, 우리가 헤쳐 나간 자취 하나 없이 다시 갈대들은 말짱해져 흔들리는 중이었다.

기억의 탑에 도착했을 때 호은은 정신없이 두루마리들을 손으로 훑는 중이었다.

"이브가 물어보더라, 네가 왜 여기 오는지 아냐고."

"그래서요?"

"모른다고 했더니 약간, 비웃는 표정이었어. 기분 나빠서 직접 물어보러 왔어."

"여기서도 여전하네요. 그 어느 누구의 기대도 거스르지 않고, 생각 이상으로 성취하고, 인정받고 싶어 하는 게요."

나는 호은이 나를 잘 안다는 사실을, 그리고 자신이 나를 닮았다는 것 역시 잘 안다는 사실을 알기에 그 애가 하는 말에 기분이 상하거나 할 수는 없었다. 그 애가 내게 하는 평가는, 어느 면에서는 자기 자신에게 내뱉는 말과도 같았다.

"맞아. 난 사슴들한테도 인정받고 싶어 해. 그래서, 왜냐고."

내 물음은 들은 척도 안 하고 호은이 돌돌 말린 두루마리 하나를 주욱 끄집어냈다. 다시 도르륵 말리지 않도록 반대 방향으로 한 번 말았다 펴더니 어디

선가 주워왔을 돌 두 개를 문진 삼아 척 올려놓는
게, 처음 해보는 솜씨는 아니었다.

"누군지 기억나요?"

나는 눈을 가늘게 떴다. 흔히들 '거지존'이라 부르
는 길이의 단발, 동그란 메탈 테 안경, 깡마른 몸매,
돌아서면 잊을 정도로 평범한 검은색 블라우스, 회
색 슬랙스, 그리고 굽 높은 슬리퍼.

"이름이 뭐더라."

"설마 잊은 거예요?"

"몇 년이 지났는데."

"나는 기억하는데요. 송민…."

"아, 송민정 쌤."

"네."

호은은 그 아래 칸으로 몸을 숙이더니 눈을 감고
검지를 펼치고는, 어느 것을 고를까요, 알아맞혀 보
세요, 하고 속삭였다. 손가락이 마지막으로 가리킨
종이를 하나 더 꺼내 펼쳤다. 이번엔 모르는 사람이
었다. 남자였고, 반바지 차림이었다. 양쪽 손목엔 검
은 아대를 찼다.

"아는 사람이야?"

"그럴 리가요."

"그런데 왜 꺼내?"

"제가요, 쌤. 사실은 이게 진짜 웃긴 건데요, 제가 진짜 겁쟁이였던 건데요, 그래서 저는 예술 못 한다고 했던 건데요. 그런데 돈 안 벌어도 된다고 하니까, 효도해야 되는 부모도 없어졌으니까, 그냥 죽을 때까지 여기서 먹고 자고 살면 된다고 하니까, 그러니까 갑자기."

호은은 나란히 누운 두 종이 인형을 바라보았다.

"갑자기, 무대에도 못 올리고 아무도 못 읽어줄 이야기가 쓰고 싶더라고요."

그러더니 두 손에 얼굴을 묻고 왈칵 눈물을 터뜨리는 척을 하더니 곧 킥킥 웃었다.

\* \* \*

쓸 사람은 써야 합니다. 배출할 사람은 해야 해요. 억압적인 주변의 시선과 사회에서 주입한 정상적인 삶의 굴레에 압도되어 자신을 부정한 채 평범하게 살 수도 있겠죠. 그러나 언젠가는 병들 것입니다. 예술을 하고 싶은 사람은 예술을 해야만 합니다. 창작할 사람은 만들어내야 해요.

어느 중견 예술가가 했다는 말이었다. 글쎄. 나 자신이 다른 트랙을 빙 돌고 돌다 글을 일궈내는 자들의 척박하고 좁은 땅에 자리를 잡았음에도, 그런 말에 섣불리 동조할 수가 없었다. 일단 얼마나 가난할지 진심으로 그 일에 온몸을 담근 사람들을 제외하고는 아무도 제대로 알지 못했고, 나는 어쨌거나 안정적인 직장에서 몇 년 동안 돈을 모은 후 뛰어들었기 때문에 젊고 절박한 창작자들에게 이러쿵저러쿵 말을 얹기엔 민망할 정도의 여유가 있었다. 당장 한 달 후의 월세를, 일 년 후의 소속을 걱정해야 할 자들에게 너의 꿈을 찾으라는 꽃 혹은 좆 같은 소리를 운운할 수는 없는 노릇이었다.

그러나 나는 인정할 수밖에 없었다. 호은이 이 상황에서 무슨 이야기를 만들어낼 수 있을지 내가 궁금해한다는 걸.

콘크리트 계단을 오르던 민정이 앞으로 고꾸라지며 계단의 한복판에 이마를 박은 것은 아침 6시 45분의 일이었고 통증 탓에 잠에서 깬 것은 그보다 세 시간 전이었다.

엉금엉금 기어 화장실로 향했다. 누군가 엄청나 게 큰 망치로 배 안쪽을 두드리는 것 같았고, 동시에 날카로운 가위로 밑을 찢어놓는 기분이었다. 민정 은 도저히 설 수 없어서 차가운 타일 바닥에 엉덩이 를 붙인 채로 샤워기의 물을 틀고 가장 뜨거운 온수 가 나오도록 레버를 끝까지 돌렸다. 보증금 300, 월 60짜리 원룸의 보일러는 시원찮았다. 그렇게 돌려도 한참 동안이나 미적지근한 물만 나왔다. 민정은 샤 워기를 밑에 가져다대고는 엉엉 울었다. 눈앞이 보 이지 않았고, 귀에선 이명이 들렸다. 언니는 밖에서 자고 있었다. 혹은 자는 척을 하고 있었다. 계속 자 는 척을 하라고 민정은 울면서 주문을 외웠다.

서로 다른 얼굴, 다른 성별의 산부인과 의사 앞에

서 다리를 있는 힘껏 벌린 것이 수차례. 아무 이상 없어요, 자궁이 이렇게 건강한데. 무감한 표정으로 말하는 의사 앞에서 민정은 지쳐 갈라진 목소리로 속삭였다. 그런데 왜 이렇게 아픈 거냐고요. 왜 한 달의 절반을 이렇게 보내야 하는 거냐고요. 문제가 없으면 저는 이대로 살아야 하는 건가요. 사람들이 왜 이따위로 매일같이 아파 일도 못 하냐고 물을 때 뭐라고 대답해야 하나요. 꾀병이란 소릴 듣거나, 너무 예민해서 별것도 아닌 걸 가지고 유난이라는 핀잔을 들으면 어떻게 참아야 하나요. 차라리 죽는 게 나아요. 이렇게 평생을 살아야 한다면요.

참지 말고 진통제를 드세요.

오늘 한 통을 다 먹었어요.

미혼이시죠. 곧 결혼하셔서 아이를 낳아 보시면 자연 치유가 될 수 있어요.

씨발. 민정은 의사의 말을 되돌려 곱씹으며 화장실 바닥에서 울었다. 의식이 깜박거렸다. 통증은 나아지질 않았다. 한참을 그러고 났더니 5시였다. 얼른 얼굴을 씻고 화장을 해야 늦지 않을 수 있었다.

남자는 민정을 알고 있었다. 매일 아침 집에서 쫓겨나 계단을 걸어 내려가려면, 똑같은 시각에 반대 방향으로 휘청휘청 오르는 민정을 볼 수 있었다. 민정은 시선을 절대 위로 향하지 않았기에 아마 남자의 두꺼운 양말과 운동화밖에는 기억하지 못할 테지만.

남자는 우뚝 멈춰 섰다. 공기가 습했다. 콘크리트 계단에서 꿉꿉한 냄새가 진동하는 게, 아마 곧 비가 올 것 같았다. 주변을 둘러보았다. 눈동자가 흔들렸다. 아무도 없었다. 낮은 벽돌집들은 모두 문이 닫힌 채 고요했다.

잘 아는 얼굴이 바닥에 누워 있었다.

남자는 주머니에서 핸드폰을 꺼냈다. 그러나 무엇을 눌러야 하는지 기억나지 않았다. 어떤 말을 해야 하는지도 알 수가 없었다. 자신이 해낼 수 있는지도 불투명했다.

이런 일이 생길 것 같아 무서워서 오랫동안 방밖으로 나올 수 없었다는 건, 폐휴지를 줍기 위해 유모차를 끌고 나온 노인이 남자를 거세게 야단치며 119를 부른 후에야 생각이 났다. 그러나 이미 자기도 모르는 사이 남자는 구급차에 앉아 반듯이 누운 민정을 바라보고 있었다. 공포가 밀려왔다. 폐를 한껏 넓혔다가, 완전히 비우는 식으로 숨을 쉬려 노력했다. 이 차가 이런 식으로 러시아워를 달리다가 사고가 나면 어떡하지. 내 허리가 절반으로 뚝 분질러진다면. 불이 연료 탱크에 옮겨 붙어 폭발하면 어떡하지. 나는 신원 확인조차 하지 못할 정도로 검은 재가 될 거야. 무사히 도착한다 해도 모두가 나를 버리겠지. 어딘지도 모르는 곳에서, 돈 한 푼 없는 나는 집으로 돌아갈 수 없을 거야. 결국 아버지에게 전화를 걸겠지. 그러면 그 사람이 몽둥이를 들고 찾아와서 마침내 나를 죽일 거야. 아니다. 어쩌면 드디어 나를 자기 삶에서 몰아냈으니, 절대 날 다시 찾으려 하지 않을 수도 있어. 그러면 나는 이 차림으로 밖을 떠돌다 죽겠지.

환자분이랑 관계가 어떻게 되세요?

병원에 도착하자 누군가가 물었다. 남자는 대답을 하지 못했다. 구급 요원이 대신 대답했다. 신고자라고, 따라왔다고. 그러나 질문을 던졌던 누군가는 사람과 눈을 마주치지 못하고 연신 두 손을 꼬아대는 남자를 믿지 못하는 눈치였다. 그가 남자더러 말했다. 이제 돌아가셔도 좋아요.

왜 쓰러졌나요?

남자의 말에 그는 아무 대답도 하지 않고 바쁘게 뒤돌아 다른 침상을 향해 걸었다.

두 시간 뒤 남자는 민정의 침대 옆에서, '아무 이유도 없다'는 이상한 결론을 민정과 함께 듣는다. 민정은 아까부터 울려 대던 전화를 받고, 남자는 수화기 밖으로 새어 나와 '송민정 너 미쳤어? 아무 이유도 없이 무단으로 결근을 해?'라는 목소리를 함께 듣는다. 민정은 자신이 직장 근처의 계단에서 쓰러졌다고, 구급차를 타고 응급실에 왔다고, 곧 갈 수 있을 거라고 애원한다. 뭐 때문에 쓰러졌는데? 전혀 걱정하거나 미안해하는 기색이 없이 묻는 상대방에게 민정은 대답하지 못한다. 아무 이유도 없대요. 그런 말을 하지 못한다. 민정이 침묵하자 상대방은 말한다. 나약한 년. 남자는 귀를 의심한다. 그것은 아버지가 자신을 부를 때마다 쓰는 어휘다.

＊

　나 원 참, 노트북을 가져다달라고 갖다주는 외계인은 또 뭐야. 나는 투덜거렸다.

　나더러 읽으라는 듯, 호은은 저기까지 써놓고는 워드프로세서를 끄지도 않고 일어나 삐걱거리며 스트레칭을 했다. 호은이 원하는 대로 글을 읽었다. 민정이 쓰러진 계단이 어딘지 나는 알았다. 백 계단이라는 이름의, 교문까지 올라가는 가파른 층계였다. 낡고 부서지고 바쁜 아침 숨이 턱까지 차게, 다리를 저리게 만드는 높이의 층계.

　글을 다 읽었을 때쯤 호은은 대뜸 물었다.

　"쌤은, 송민정 쌤이랑 안 친했죠?"

　"내가 그 학교에서, 친한 선생님이 있었나."

　"그래도 쌤은 맨날 같이 밥 먹는 무리가 있지 않았어요?"

　"그거야, 선배들이 밥 먹으러 가자는데 빠질 수가."

　송민정은 호은이 입학할 즈음 육아 휴직을 대체할 기간제 영어 교사로 채용된 사람이었다. 나이는 당시의 나보다 두어 살 많았으니 아마 20대 후반이었을 터였다.

"송민정 쌤은 맨날 혼자 먹었잖아요. 아무도 안 챙겨줘서."

호은이 힐난하는 말투로 대답하길래 나도 발끈했다.

"나도 누굴 챙길 여유는 없었어. 점심시간마다 선배들 비위 맞추느라 불편했다고."

"쌤들이, 특히 쌤처럼 또래인 사람들이 민정 쌤을 그렇게 대할 때마다 우리는 저절로 배웠다고요. 아, 비정규직이 된다는 건 저런 거구나."

"대놓고 욕하는 거니."

왜 굳이 호은은 나와 별로 친분도 없던 과거의 인연을 끄집어내어 나를 괴롭힐까. 이미 모든 게 끝난 마당에. 내가 잘못한 게 어디 있다고. 나 역시 아무것도 모르는 초짜일 뿐이었는데. 정의감에 가득 찬 어린애들은 어른들의 사정도 모르고 자기들이 생각하는 이상적인 정의를 정의하기 마련이니, 억울했다. 남의 돈을 받는 게 얼마나 힘든지를 알고, 힘들여 쟁취한 지위와 그에 따른 권리가 아무리 얄팍하더라도 얼마나 소중하며 불가침한지, 아직 똥밭에 굴러보지 못한 애들은 모르니까 저렇게 사소한 걸 가지고 불필요할 정도로 오래 깊이 생각하는 것이다.

"민정 쌤이 백 계단에서 쓰러졌던 사건, 쌤도 알고 있죠?"

학년 초 송민정은 과도하게 일찍, 남들보다 40분이나 먼저 출근했다. 매일 교무실의 잠금장치를 가장 먼저 땄으며, 조명 스위치를 가장 먼저 올렸고, 전날 씻어놓은 커피메이커에 원두를 집어넣고 커피를 내렸으나, 자신은 그 커피를 마시지 않았다. 교직원 화장실의 환풍기를 켜고, 화장지가 떨어지지 않았는지 확인했으며, 잘 마른 공용 컵을 다시 제자리에 놓고, 창을 열어 환기를 시키고, 화분에 물을 주었다. 그 모든 프로세스는 4월이 되기 전에 어그러졌다. 병치레와 지각, 조퇴, 결근이 점점 잦아졌다.

"그 생각 하면서 쓴 거네."

"네."

"그날 시험 감독 못 들어갔지, 그래서."

그날 송민정이 얼마나 욕을 먹었는지 생생하게 기억이 났다. 응급실에까지 실려가 온갖 진료를 받았는데도 '쓰러진 이유가 없다'는 이야길 전해 들은 교무부장이 얼마나 펄펄 뛰었는지도. 그딴 식으로 신뢰를 저버릴 거라면 나가라고, 다른 기간제를 뽑겠다고 월요일의 교직원 회의에서 그는 마이크를 입에 댄 채 소리를 질렀다. 출석부를 가지러 교무실에 들어온 반장 여러 명이 허리를 굽혀 종종걸음을 치며 지나가는 앞에서 그렇게 말했다.

기억을 비집고 호은이 갑자기 엉뚱한 말을 던졌다.

"쌤. 갈대밭에 아직 안 내려가 봤죠?"

네 뒤를 쫓느라 방금 잠깐 내려가 봤다, 하는 토로는 할 수 없어서 멍청한 표정으로 호은의 얼굴을 바라보았다.

"가 봐요. 그냥 가면 안 되고, 헤치면서 돌아다녀요. 무언가 들릴 때까지."

호은은 말했다.

"그러고 다시 이야기해요."

# 6

\*

목소리를 듣는 방법은 무조건 정처 없이 걷는 것
이었다.

어딘가로 가겠다는 생각, 눈앞에 콕 찍어둔 목표
지점이 생기는 순간 모든 목소리는 사그라졌고, 그
뒤로는 그저 바람에 갈대들끼리 스치는 소리만이 귓
가를 메웠다. 그렇게 사라진 목소리는 그날 하루 동
안은 다시 들려오지 않았다.

어떤 목소리가 들려올지는 전혀 예상할 수 없었
다. 어느 날에는 고등학교 때 가장 친했던 친구였고,
어느 날에는 나쁘지 않게 헤어진 옛날의 애인이었

다. 그래서 한때 내가 사랑했던 사람들의 목소리만 들리나 보다 생각했는데, 다음 날 교감의 목소리가 들리는 바람에 그 가설은 폐기됐다.

갈대들이 그 목소리를 빌려 하는 말의 내용 역시도 직접 듣기 전까지는 짐작되지 않았고, 매일같이 달랐다. 왜냐하면 그 모든 목소리가 내뱉는 것은 가장 내밀했던, 아주 깊은 곳에 숨겨두고 아무에게도 꺼내 보이지 않았던 비밀이기 때문이었다.

욕망을 이야기했다.

이뤄지지도, 바깥세상을 보지도 못한 채 세상의 멸망을 맞이해 소멸되어야만 했던 각자의 욕망을 이야기했다.

고등학교 때 가장 친했던 친구가 얼마나 나를 미워했고 나의 철저한 실패를 바랐는지 나는 이제야 알게 되었다.

옛 애인이 자신의 성 정체성을 숨기기 위해 나를 만났다는 사실도, 그가 나와의 연애 내내 진짜로 사랑했던 사람이 누군지도 알게 되었다.

교감이었던, 이름은 기억나지 않는 이의 욕망은

아주 많은 색깔의 고무찰흙을 한 덩어리로 뭉친 것처럼 다양하고 또 묵직했다. 명예, 입시, 주식, 부동산, 자식의 성공, 진급. 너무나 예상 가능했기에 재미없던 그 목소리들을 대충 들어 넘기곤 슬슬 갈대숲을 벗어나려 하는데, 그때까지의 자잘한 속삭임들을 완전히 덮어버릴 정도로 큰 울림의 외침이 갑자기 터져 나왔다.

잠을 자고 싶다!

아주 오래!

죽을 만큼 깊이!

잠을 자고 싶다!

그러더니 바로 이어서 이렇게 소리쳤다.

시간이 아깝다!

잠을 자고 싶지 않다!

움직여!

보여줘!

쉬는 순간 낙오라고, 이 새끼야!

나는 매일 아침마다 목장갑을 끼고 집게를 든 채 교정을 오가며 분주히 쓰레기를 줍고 화단에 물을 주던 교감을 생각했다. 첫 한 달 동안은 그랬던 그를 존경했는데, 그게 교감이 되고 나서부터 시작되는 쇼라는 걸 곧 알게 되었다. 이사장의 출근 시각과 경로에 딱 맞춰 벌어지는 버라이어티 쇼.

매일 무대에 올라 똑같은 연기를 펼쳐 보였으니 얼마나 지루하고 힘에 부쳤을까.

호은은 송민정의 목소리를 건져낼 때까지 매일같이 갈대숲에 내려가 뛰었다고 했다.

"그럼 민정 쌤이 원했던 게 사랑이었던 거야?"

옛 선생을 모델로 삼아 연애 서사를 쓰려는 듯한 호은에게 내가 물었다. 호은이 하는 행위가 일종의 천도재 같은 것일 터라고 넘겨짚었기 때문이었다. 어린 날의 자신이 가엽게 여기던 어느 어른을 위한 어설픈 살풀이. 그러나 호은은 고개를 저었다.

"이건 창작이죠. 이름이랑 캐릭터만 빌린 창작이라고요."

"난 알고 싶지 않은 것만 잔뜩 알게 되어서 뭘 쓰고 싶은 생각도 안 들어."

호은은 눈썹 주위를 긁으며 중얼거렸다. 듣고 싶은 목소리가 들리지 않는다는 게 얼마나 큰 행운인데요.

"왜?"

"그 사람을 점점 불쌍하게 생각하게 될 테니까."

그러고는 다시 노트북에 얼굴을 처박았다.

✦

어둑한 방 안에서 혼자 손목을 그으면 뜨거운 물을 가득 채운 욕조에 하반신부터 목젖까지 충만하게 담근 느낌이 들었다. 나른하고, 고요했으며, 아무래도 좋을 것만 같은, 그대로 눈을 감으면 세상이 자신을 위해 정지해줄 것만 같은 기분이 들었다. 그렇게 까무룩 잠이 들면 될 것 같은.

그러나 날이 밝아오면, 피가 멎은 상처 위에 약을 바르고 붕대를 감은 후 양 손목에 검은 아대를 하나씩 차면, 다 식어버린 목욕물에 오한을 느끼며 잠에서 깨는 꼴과 비슷한 수준으로 비참해지곤 했다.

남자는 초등학교 4학년 때부터 아대를 찼다. 모든 아이들이 자신처럼 매를 맞는다고 생각했다. 그래서 부모를 미워하고, 그래서 엠창 같은 욕설을 사용하는 거라고 생각했다. 남자는 누군가에게 도움을 요청할 수 있단 걸 상상하지 못했다. 모두가 그렇게 산다고, 그게 디폴트라고 믿었다.

졸업식 때가 되어서야 알았다. 누구보다 큰 목소리로 엠창을 부르짖던 학급 친구들이 부모가 안겨준 꽃다발을 들고 카메라를 향하여 환하게 웃을 때, 가슴이 철렁 내려앉았다. 남자의 아버지는 꼿꼿하게 허리를 편 채 인상을 잔뜩 찌푸리고 있었다. 남자의 어머니는 몸을 움직일 때마다 웃음을 멈추고 신음을 흘렸다. 물론 남자 역시 아버지에게 맞은 어머니에게 맞았다. 그러나 어머니는 옷에 가려 보이지 않는 곳만을 때렸다. 그리고 남자는 사실 자신이 어머니를 제압할 수 있음을 열한 살 즈음부터 알고 있었다. 다만 그러지 않은, 혹은 못한 것은, 역시, 부모에게 맞는 것이 당연한 양육의 과정이라고 생각했기 때문이었다.

아버지는 남자가 친구들과 사진을 찍는 것을 기다려주지 못했다. 교실에서 교내 방송을 이용한 간략한 졸업식 행사가 끝나자마자 남자의 옷깃을 잡았다. 그대로 운동장 한쪽에 세워둔 승용차를 향해 남자를 질질 끌고 갔다. 목이 졸렸다. 남자는 버둥거렸다. 아버지는 이를 악물고 말했다. 저 따위 허례허식에 박수 쳐줄 여유는 눈곱만큼도 없어. 쓸모없는 놈. 세상 사람들 앞에서 천박하게 웃을 생각 하지 마. 저 사람들이 속이는 대로 넘어갈 생각 하지 마.

겨우 중학교도 고등학교도 아니고, 초등학교 졸업식에서 그렇게 말하는 사람의 뒤를 엄마가 여기저기 인사를 하며 종종걸음으로 따라왔다.

남자가 처음 어머니에게 대든 것은 고등학교 3학년 때였다. 남자는 손으로 그의 손목을 움켜쥐었다. 힘을 주어 주먹을 꼭 쥐니 아대에 피가 스며들었다. 검은색의 아대였지만, 덜 검은 면 위에 더욱 검은 선이 그어졌다. 세게 쥘수록 상처는 더 넓게 벌어졌다. 어머니가 끝내 칼을 쓰지 않은 이유를 모성애라고 일컬어야 할까. 남자는 그것에 대해 아주 오랫동안 궁금해 했다. 어머니는 울었다. 네가 그럴 줄은 몰랐다며 욕을 했다. 남자에게 비겁하다고 말했다. 너는 네 아버지를 한 번도 나에게 하는 것처럼 대한 적이 없지, 너는 내가 약해서 나에게만 이렇게 대하지, 너는 그 정신병자의 저주에서 영원히 벗어나지 못할 거야. 너는 그렇게 평생 불행할 거야. 세상 사람들이 너를 무시하고, 무서워하고, 증오할 거야. 네 아버지를 네가 죽이지 않는 한 너는 계속 그럴 거야.

남자는 아무와도 친해지는 방법을 몰랐다. 낡은 남방을 걸치고 세제 얼룩이 사라지지 않은 검은 바지를 꿰어 입은 채 양쪽 손목에 아대를 찬 남자에게 누구도 말을 걸지 않았다. 고등학교를 졸업한 후 바로 입대했다. 아버지의 선택이었다. 생각보다 힘들지 않았다. 군대에 있던 중에 어머니가 숨을 거두었다. 남자는 이유를 몰랐다.

제대해서는 방에 처박혔다. 아버지는 말했다. 그래, 너 따위가 무얼 할 수 있겠냐. 밖에 나돌지 마. 그게 다 돈이다. 그렇게 지내다가 뒈져라. 그냥.

돈. 돈. 돈.

남자는 스물일곱이 될 때까지 방에서 지냈고, 스물일곱이 되던 생일 아침에 별안간 밖으로 나왔다. 왜 그랬는지는 자신도 알지 못했다. 해가 요새는 이렇게 뜨는구나. 그날부터 아침마다 동네를 천천히 달렸다. 그 아침만을 위해 다른 시간을 견뎠다.

그리고 스물여덟이 되던 생일, 민정을 실은 구급차에 탔다. 구급차는 몹시 덜컹거렸다. 남자는 구급차가, 그리고 구급차에 누운 민정이 자신과 똑같은 리듬으로 흔들린다고 생각했다. 강 약 약, 중강 약 약. 남자는 언제나 세계의 리듬이 지나치게 복잡하다고 생각했다. 남자는 그렇게 리듬을 쪼갤 수 없었고 그래서 늘 당황해야만 했다. 그러나 구급차 안의 세계는 남자가 따라서 손뼉을 치고 숨을 고를 수 있을 만큼만 쿵쿵거렸다.

✦

"인물을 어디까지 괴롭힐 수 있을까? 인물을 괴롭히는 게 과연 정당할까? 인물을 사랑하면서도 괴롭히는 게 가능할까?"

꼭 호은의 글을 읽고서만 떠오른 물음은 아니었다. 그것은 언제나 내게 던지던 물음이기도 했다.

사람은 싫어하지만 인물은 사랑한다고, 나는 드물게 찾아오는 인터뷰의 기회마다 말했다. 아마 많이들 그것을 농반진반의 이야기라고 받아들였던 듯했다. 혹은 애써 특이하고 모나 보이려 노력하는 신인 작가의 억지거나.

"뭐 때문에 갑자기 그런 걸 물어요?"

"이렇게까지 힘들어야 할 필요가 있나 싶어서."

"세상에 그렇게 자란 사람들이 많은데 그럼 어떡해요."

"물론 그런 사람도 있지, 그래도, 어느 정도는, 좀."

"다 숨기고 사는 거죠. 누구나 쌤처럼 자기 경험을 불특정 다수에게 마구 전시할 수 있는 건 아니라고요."

내가 무슨 전시를 했어, 어쩔 수 없이 재료로 쓴 거지. 나는 작게 항변했다. 그러나 이어지는 호은의 말에는 더 목소리를 낼 수 없었다.

"남자의 사연은 제가 만들어낸 게 아니에요. 실제 있는 인물이고, 저랑 1학년 때 같은 반이었어요. 그니까, 쌤이 담임했던 애였다 이거예요. 걔의 부모 역시도 쌤을 만난 적이 있단 얘기죠. 학부모 상담이든 뭐든 간에 한 번은 봤을걸요. 근데 쌤은 그 애가 이렇게 살았는지 알았어요?"

아대를 차고 다닌 아이가 있었나.

"인물을 괴롭히는 게 아니에요. 벌어진 일을 숨길 수는 있어도, 일어날 수 없다고 멋대로 말할 수는 없잖아요. 저는 이 인물을 위해서 쓰는 거죠."

"그 애의 욕망도 갈대밭에서 들었어?"

"네."

"무슨?"

"자기 얘길 더 많은 사람에게 털어놓고 싶다는 생각이요."

호은은 오른손으로 자기 왼쪽 손목을 어루만졌다.

"걔는 딱 두 명한테만 자기 집 얘기를 했어요. 걔는, 사람들이 자기를 무서워할까 봐 그게 두렵다고 했어요. 사람을 좋아하는 사람이었거든요. 그렇게 내내 상처받았으면서도 혼자가 될까 봐 전전긍긍했고. 처음에 저는 말했어요. 야, 사람들은 불행 서사를 가진 사람한테 끌리는 거 모르냐고. 털어놓고 싶은 만큼 맘껏 털어놓고 팔라고, 보통 인간이라면 절대로 너를 버릴 수 없을 거라고. 그러니까 걔가 대답하더라고요. 불행한 이야기가 팔리려면 그 불행한 인간이 아주 투명한 겹겹의 갑옷 안에 갇혀야만 가능한 거라고. 자신에게 그 불행이 절대 전염되지 않을 거란 확신이 있어야만, 사람들은 불행한 자에게 매력을 느낀다고요. 생각해보니 진짜 그랬어요. 그게 제가 걔한테 한 말 중 두 번째로 후회하는 거예요. 불행 서사를 팔라는 얘기요. 너무 함부로 말했죠."

"첫 번째는?"

호은은 듣지 못한 척 하면서 내게서 노트북을 빼앗아 덮었다.

그날 밤 하늘엔 지구가 떠올랐다. 그리고 그 지구가 지던 다음 날 아침 이브는 조금 탄 맛이 나는 커피와 야채 샌드위치를 들고 우리를 찾아왔다. 호은은 샌드위치의 빵을 들어내고는 파프리카와 양파와

올리브와 피망을 빼내고 양상추만을 남긴 후 다시 닫았다. 샌드위치를 절반이나 남긴 호은이 방으로 들어간 후, 이브는 내게 말했다. 호은은 생존에 필요한 에너지를 흡수하지 못하고 있어요.

"굳이 말 안 해줘도 돼요. 저도 아니까."

"호은은 원래 그런 사람인가요?"

# 7

✳

　"인생 살면서 단 한 번도 무언가를 맛있다고 느껴
본 적이 없었어요."

　뜨끈하고 바삭한 감자튀김이 막 서빙되었을 때,
그러니까 세상이 멸망하고 사람들이 모두 납작하고
버석한 종이가 되어버리기 한두 시간 전쯤, 호은은
내게 그렇게 말했었다.

　"정말?"

　"네."

　"대체 무슨 재미로 인생을 사는 거냐."

　"먹는 재미가 다른 사람한텐 얼마나 큰지를 제가

잘 몰라서, 그래서 괜찮을걸요."

"그러고 보니 너 못 먹는 게 진짜 많지 않냐."

"엄청 많죠."

호은은 케첩과 머스터드 종지를 번갈아 바라보다
가 그런 말을 뱉었다.

"어쩌면 저는 어렸을 때부터 아주 오랫동안 제
가… 지적이거나 입체적인 성취가 아닌, 본능적인
무언가에 행복을 느껴서는 안 된다는 강박을 가지고
있었을지도 모른다고 생각해요."

그게 무슨 말이야? 나는 땅콩을 씹다 멈추었다.

"그러니까, 사람 삶의 행복엔 총량이 정해져 있고,
아주 조금이라도 더 가치 있는 곳에서 그 행복을 누
리려면, 다른 곳에서 즐거워선 안 된다는 생각이 아
주 어렸을 때부터 있었을지도 모른다는 뜻이에요."

"어렸을 때 그런 생각을 했다고?"

"그렇게 배웠다면 그랬을 수도 있죠."

호은은 대답했었다.

＊＊＊

　호은이 그런 사람이냐고요?

　나는 고개를 대충 주억거렸다. 조금 이상한 기분
이었다.

　고등학교 때부터 호은은 짧은 소설을 많이 썼다.
그러고는 꼭 내게 보여주었다. 완성본을 던질 때도
있었고, 막히는 부분에서 의견을 구할 때도 있었다.

　호은은 말과 글이 전혀 다른 아이였다. 입에서 나
오는 말들은 모조리 농이었으며, 자신이 뱉는 생각
을 일부러 증발시키기라도 하려는 듯 가볍고 희미한
어투로 마무리했다. 아 그냥 그랬다고요, 나도 내가
무슨 말을 하고 있는지 모르겠네, 그냥 잊어버리세
요, 킥킥. 그런 식이었다. 나와는 관심사도 비슷하고
말주변이 좋은 아이였기에 상담을 빙자하여 교무실
에 같이 앉아 있으면 쉼 없이 깔깔거리게 되긴 했지
만, 그 애가 쓰는 소설을 보고는 내가 완전히 오해하
고 있었음을 알았다. 그 애가 열일곱 살이었던 해, 6
월의 일이었다.

얼마나 많은 너를 너는 그 웃는 얼굴 안에 감추고 있는 거니?

나 역시도 가면을 쓰는 데 익숙했음에도 불구하고, 당황했다. 그 애를 속속들이 파악하지 못한 게 직업적으로 큰 결함이 될 것 같았다. 담임이 그런 걸 몰라?

우울을 온몸으로 드러내는 아이들은 오히려 파악이 쉬웠다. 그러나 호은은, 내게 엄청난 소설을 던져놓고는, 아무렇지도 않게 또 아이돌이나 배우 혹은 인터넷 커뮤니티 이야기를 하며 내 듀오백 옆의 보조 의자에 앉아 다리를 흔들며 낄낄거렸다. 호은이 교실로 돌아가고 나면 옆에 앉은 선생이 꼭 말하곤 했다. 쌤, 쟤는 볼 때마다 항상 진짜 즐거워 보여요. 행복한 사춘기 여학생의 표본 같아.

그 애는 그렇게 소설들을 쓰곤 아무것도 하지 않았다는 듯 찢어서 어딘가에 버렸다.

민정은 수납을 하고 지갑을 가방 안에 다시 집어 넣었다. 뒤에서 멀뚱멀뚱 서 있는 남자에게 뭐라고 감사 인사를 해야 할지 고민하다가 입을 열었다. 저기, 혹시 어떻게… 사례를.

양쪽 손목에 아대를 끼곤, 불편한지 팔뚝 어딘가를 연신 만지작거리던 남자에게선 대답이 없었다. 민정은 점점 불안해졌다. 신고만 하면 됐는데, 응급차에 함께 타서는 수액을 다 맞을 때까지 옆에 머물렀다면, 분명히 집요하게 바라는 바가 있는 것이 아닐까. 내게 뭘 원하는 걸까. 변태일 거야. 스토커일 거야. 나를 못살게 굴 거야. 어차피 지금의 삶도 삶이 아닌 건 매한가지지만….

남자가 말했다.

미승초등학교 운동장에 같이 가주세요.

누군가 쫓아오는 것처럼 아주 빠르게.

시간 되실 때. 같이요. 아무 때나 시간은 상관없어요. 괜찮으실 때. 딱 한 시간이면 돼요. 그냥 가만히 앉아 계시면 돼요. 그 운동장에 등나무 벤치 있거든요. 거기에. 그늘이라 살도 안 타고요. 이어폰 끼고 계셔도, 핸드폰으로 유튜브든 드라마든 다 보셔도 돼요. 그냥 계셔 주세요. 딱 한 시간만요. 아니, 아니다. 30분이어도 돼요. 상관없어요.

운동장에서 뭘 하시고 싶은 건데요?

민정의 물음에 남자는 대답했다.

철봉을 하고 싶어요. 높이가 아주 다양한 철봉에 원숭이처럼 대롱대롱 매달리거나 아예 한 바퀴를 돌고 싶어요. 모래가 날리는 운동장을 달리다가 넘어져 드러눕고 싶고요. 공도 차고 싶어요. 그리고 아이들을 구경하고 싶어요.

하시면 되잖아요?

평일밖에 안 돼요. 요새 학교들이 주말에는 운동장 개방을 안 해요. 그리고….

그리고?

저 같은 남자가 혼자 가서 그러고 있으면, 무서워할까 봐. 아이들이.

민정은 병원 로비의 시계를 보았다. 어차피 회사로 돌아간다 해도 오전 반차를 써야 할 터였다. 2시까지는 여유가 있었다. 링거를 타고 혈관에 들어간 진통제의 효과인지 배와 밑은 그저 조금 아릿하고 나른해졌을 뿐 아프진 않았다. 이게 문제였다. 당장이라도 죽을 듯 끔찍하게 자신을 찢어대던 고통이 혀를 날름 내밀곤 사라지는 게. 그러고는 잘못도 없는 자신만 혼자 남아 뒤처리를 해야 하는 게 억울했다. 어차피 애를 낳을 것도 아닌데 배를 가르고 자궁을 들어내면 어떨까.

민정은 자궁 적출에 대해 검색해본 적이 많았다.

✦

내가 스크롤을 내리는 동안 호은은 뒤에서 일부러 목소리를 크게 내며 투덜거렸다. 아마 자신이 빤히 보는 앞에서 내가 글을 읽고 있으니 민망해 괜히 내는 소리일 터였다.

"무해한 사람들만 나오는 사랑 얘길 쓰고 싶은데

무해한 남자를 본 적이 없어가지고요. 저런 생각을 가지고 사는 남자가 실제로 있을까요?"

호은이 고등학교에 다니던 3년 내내, 해마다 여학생 교실과 화장실에서 몰래카메라가 발견되었다. 학교에서는 범인을 찾을 방법이 없다고 했고 나는 그 이야기를 교단에 서서 여자아이들에게 그대로 전달했다. 함께 분통을 터뜨리는 척했지만 교무실에 돌아가면 업무 더미에 깔려 압사하기 직전이었으므로 내내 나 자신에게 주문을 걸었다. 내겐 범인을 찾아줄 시간도 수단도 없어. 윗사람들이 방법이 없다는데 막내인 내가 어떻게 하겠어. 범인을 찾으면 어떻게 할 건데. 범죄자 취급하면서 넘길 거야? 나는 교사고, 교사는 학생의 잘못을 들춰내는 사람이 아니야.

호은은 여대에 진학했다. 대학에 입학한 후 내게 뭐라고 했던가. 쌤, 저 여대 온 거 너무 좋아요. 진짜 진짜 좋은 게요, 여자애들이 아무 데서나 누워서 쿨쿨 잘 수 있단 거예요. 강의실, 과방, 그런 게 아니에요. 중도 1층 로비, 그 밖에 있는 벤치, 학관 앞의 잔디밭, 진짜 아무 데서나요. 다 누워서 낮잠 자고 있어요. 너무 행복하고. 너무 평화로워요. 호은이 전해준 여대의 풍경은 한 번도 공학을 벗어난 적이 없던 내겐 마치 외계의 것같이 느껴졌다. 상상으로라도 그려본 적 없던 불가능의 풍경이 너무나 가까운 곳에 버젓이 실재한다고? 나는 너무 놀란 채로 평일에 꼭 너희 학교에 가서 그 모습을 본 후 나도 뻔뻔스레 어느 벤치에 누워 낮잠을 자겠다고 호은에게 약속했다. 그리고 그로부터 딱 반년 후, 호은의 학교 캠퍼스에 들어온 20대 남자가 빈 강의실에서 자위행위를 하며 그 촬영본을 인터넷에 올리는 사건이 벌어졌다. 호은은 그때 글을 썼고 연단에 나가 마이크를 잡았다. 그 남자가 다니던 대학에 찾아가 대자보를 붙였다. 찢기면 다시 붙였고, 떼어지면 또 썼다.

　나는 아무것도 하지 않았었는데, 비겁하게 학교에서 도망치고 나서야, 노트북 뒤에 숨어서 자판으로만 꾸짖고 징벌했는데. 그러니 나의 글은 다 허깨비였다. 나도 알았다. 내가 제일 잘 알았다.

　"이런 사람도 있었을 거야. 목소리가 작았겠지. 다른 사람들이 자꾸 밀쳐내니까, 자꾸 남이 뜯어먹으니까, 그러니까 쪼그라들었겠지만, 있었을 거야."

"그렇게 믿어야 쓸 수 있는 거죠?"

"쓰는 사람이 믿지 않는다면 누가 또 믿어줄 수 있겠어."

나는 글을 한 번 더 읽어보았다. 민정의 사연은 어디까지가 진짜 송민정의 것이었을까. 한참을 헤아리다 갑자기 한 가지 일이 떠올랐다.

"우리 제주도 수학여행 갔을 때… 송민정 쌤도 같이 오셨지?"

원래 수학여행은 1학년 1학기에 가는 것으로 예정되어 있었으나 그해 4월, 아이들을 태운 배가 가라앉았다. 모든 학교들은 예정된 수학여행을 전면 취소했다. 그리고 몇 달이 지나 정부에서 지침이 내려왔다. 수학여행을 가려면, 몇 그룹으로 인원을 쪼개 따로따로 움직이라는 거였다. 죽어도 다 죽지 말고 조금만 죽으라는 거야, 뭐야? 교무실에선 연신 쓴웃음이 터져 나왔다. 올해는 가지 말자는 여론이 다수였다. 그러나 학교에서는, 인터넷 뉴스 섹션이 조금 잠잠해지자마자 2학기 중간고사가 끝난 후의 수학여행을 다시금 밀어붙였다. 10년 넘게 학교의 수학여행을 담당해왔던 여행사가 이사장과 이런저런 관계더라, 하는 소문이 돌았다. 교장은 교직원 회의에서 마이크를 잡고 이렇게 말했다.

선생님들께서는 하등 걱정하지 않으셔도 됩니다. 우리는 배가 아니라 비행기를 타고 갈 거니 안전합니다. 비쌀수록 안전한 거 아니겠습니까. 그러라고 부모들이 돈을 버는 거죠.

놀라운 발언이었다.

그렇게 세 그룹으로 학년이 찢어졌기에 인솔 교사가 더 필요했다. 송민정이 우리 반의 제주도행 비행기에, 그리고 대절 버스에 함께 오르게 되었던 이유였다.

"네. 같이 가셨죠. 리본 달린 밀짚모자 쓰고 김포공항 오셨던 거 아직도 기억나는데. 그때 쌤 표정이 진짜."

"어?"

"우리가 바보예요? 쌤 표정 보면 딱 알지. 짜증나 죽겠다는 표정이었어요. 수속 마치고 들어가서 탑승

기다리면서도, 제주도 도착해서도 민정 쌤한테 한마디도 안 했잖아요. 대절 버스 탔을 때가 레전드였다고요. 창가에 딱 붙어 앉은 다음 옆자리엔 가방 놓고, 팔짱 끼고 눈 감고 창문에 기대어 있었잖아요. 민정 쌤이랑 둘이 앉을 수도 있었을 텐데. 아니면, 적어도 통로 쪽에 앉아서 이야길 나누는 척이라도 할 수 있었을 텐데."

나는 항변하려 몸을 틀었다. 내가 왜 그때 나보다 나이도 많은 송민정을 그렇게 대했어야 했는지. 내게도 이유가 있었다. 일단 첫 담임에 첫 수학여행 인솔이었으며 몇 달 전의 참사를 없었던 일처럼 무시한 채 떠나온 여정이었다. 사람들에게 욕을 먹는 게 죽기보다 싫었는데 몸을 담고 있는 직장의 선택 때문에 이미 손가락질을 받을 위기에 처해 있었다. 이 시기에 수학여행? 미친 거 아냐? 게다가 송민정은 오래 볼 사람도 아니었다. 비정규직이라 홀대한다고 생각한다면 억울했다. 오해였다. 그저 동료 의식이 적었을 뿐이었다. 그리고….

그리고 송민정은 이미 잦은 병치레로 평판이 좋지

않았다. 누군 안 아파? 안 힘들어? 왜 저렇게 꾀를 부려. 교무부장이나 수업계는 대놓고 투덜거렸다. 나 역시도 속으론 그렇게 생각했다. 내가 얼마나 힘든데. 매일 얼마나 몸이 아픈데.

그러나 내가 호은에게 이런 이야길 솔직히 말할 수 없단 사실 자체가 이미 잘못을 증명하고 있었다. 대신 나는 화살을 호은에게 돌렸다.

"그렇게 말하는 것은 너무 비겁해."

"왜요."

"너는 강약과 선악을 헷갈리고 있어. 좀 더 나은 고용 안정성을 가졌었다는 이유만으로, 그리고 살갑게 그를 챙기지 않았다는 이유만으로."

호은은 입술을 꾹 다문 채 발가락을 꼼지락거렸다. 그러고 보니 기억의 탑에서 호은은 내내 신발을 벗은 채 맨발로 돌아다녔다. 발바닥이 새까매져도 꼭 그랬다.

"그래요. 악이 아니에요."

한참 뒤에야 호은은 조그맣게 말했다.

"쌤은 분명히, 그런 마음, 아니었어요."

사위가 어두워지고 있었다.

"나는 알아요. 쌤이 나쁜 사람이었다고 말하는 게 아니에요. 탓하는 게 아니에요. 쌤은 그때 엄청 어렸으니까. 사실 거의 지금 내 나이였는데. 완전 핏덩이지 뭐야."

호은의 얼굴에 그림자가 졌다.

"하지만 어쨌든, 민정 쌤이라는 존재는 나한테 계속 말을 걸었어요."

나는 호은을 바라보았다. 호은이 손톱을 물어뜯었다.

"네가 불쌍하게 보는 내가 결국엔 너의 미래일 거라고 저주하며, 모든 종류의 무능함을 이야기했죠. 대입, 직장, 취업, 사랑, 모든 것에 대해서. 너는 나처럼 될 거라고 이야기하고. 그렇게밖에 될 수 없다고요."

"지금은 아니잖아. 달라졌잖아."

호은은 물었다.

"제가 왜 갈대숲에 들어갈 생각을 했는지 아세요? 이상하지 않아요? 쌤이 아는 제가 할 법한 일이 아니잖아요."

"아니지."

"민정 쌤이 들어가라고 했어요."

나는 고개를 저었다.

"호은아. 너는 민정 쌤이랑 달라. 너를 왜 그 쌤이랑 동일시해."

"동일시, 그런 심리적인 문제 아닌데. 환청도 아니고."

호은이 불쑥 치고 들어왔다.

"저더러 갈대밭에 들어가라고 한 것은 지구에서였어요. 쌤이랑 맥주 마시기 한 달 전쯤엔가, 혼자 연극을 보고 옆에 있던 작은 카레집에 밥을 먹으러 갔는데 민정 쌤이 아르바이트를 하고 있었어요."

송민정은 재계약 없이 학교를 떠났다. 애당초 3년간의 육아 휴직 대체였으니 한 해 정도는 더 머무를 수도 있었는데, 그간의 근태가 악영향을 주었다.

"반가워서 인사를 했죠. 쌤 음식점 차렸어요? 제가 그렇게 물으니까 옆에 있는 남자 눈치를 보면서 알 바라고 하더라고요. 그 남자가 사장이었고. 아차 싶었죠. 저도 진짜 나쁘고 멍청했던 거예요. 민정 쌤은 이제 30대 중반이 다 된 나이였는데, 저는 쌤이 그 나이에 음식점에서 알바를 할 거라고 생각하지 못했으니까. 그 나이에 알바를 하는 사람들은 다 가방끈 짧은 주부일 거다, 뭐 그런 편견이 저한테도 있었던 거예요."

학교를 떠난 송민정이 어떻게 살았는지 아는 교직원은 아무도 없었다.

"다 먹고 나가는데 송민정 쌤이 따라 나오더라고요. 반가웠다면서. 저도 옆에 서서 이런저런 근황 나누고 했는데, 들어가면서 쌤이 말했죠. 한 달 후에 세상이 멸망할 거야. 그러면 갈대밭에 들어가."

"뭐?"

"혼자 남으면 갈대밭에 들어가. 그럼 가봐. 나 너무 오래 나와 있으면 잘려. 그렇게 말했어요."

# 8

*

이브의 멍청한 척하는 눈을 보고 있자니 온몸에서 땀이 솟아날 정도로 화가 치밀어 올랐다. 금세 겨드랑이에 맺힌 땀방울이 허리를 타고 흘렀다. 더워진 사타구니를 옥죄는 속옷에서도 땀에 전 섬유 특유의 냄새가 올라오는 것 같았다.

보통 지구가 멸망하고 극히 일부의 사람들이 선택되어 전혀 알지 못하는 어느 세계로 이주하는 설정의 이야기들에서는, 그 선택의 주체가 띠는 성향이 명확하지 않던가. 아주 인도적이거나—이런 어휘를 외계 생명에 쓸 수 있는지 모르겠으나—, 아주 인간 같거나—가령 인간 동물원 따위를 만들고 나체로 전시하는—. 그러나 사슴들은 그 어느 쪽도 아니었다. 이렇게 가만히 둘만 내버려두고 뭘 어쩌자는 건가? 차라리 생체 실험이라도 했다면 나는 훨씬 생기가 도는 시간들을 보냈을 텐데. 그러니 나는 설명을 원했다. 이런 장난질을 치는 이유가 명확할 것이라고 생각했다. 그걸 알아야만 했다.

이곳은 무슨 목적으로 설계되었는가?

당신들은 무엇을 위해 기능하는가?

"지구의 인간들은 자신들이 왜 생겨났는지를, 어떤 목표를 위해 기능했는지를 알았나요?"

내 의문에 부메랑처럼 돌아온 질문이었다.

"몰랐잖아요. 몰랐으면서, 왜 저에게는 그런 걸 묻나요?"

나는 벌떡 일어나서 의자를 집어던졌다. 그딴 식의 선문답은 원하지 않았다. 또 던질 것을 찾았다. 사기로 된 꽃병이 있었고, 스테인리스 컵이 있었다. 더 날카롭고 위협적일 것을 찾자면, 아침과 점심을 먹고 난 식기가 있었다. 포크와 나이프. 아침에 두 쌍, 점심에 두 쌍. 총 네 쌍의, 나와 호은의 침과 채 빨아먹지 못한 소스가 끈적하게 붙어 있는 것들. 그건 던지지 못했다. 거기로는 손이 가지 않았다.

"뭐 해요, 쌤."

호은이 뒤에 와서 물을 때까지 그렇게 행패를 부렸다.


별거 아닌 역할이 어쭙잖게 자아를 대신하는 것을 권유하는 세상에서 나는 살았다.

그리고 그 별거 아닌 역할조차 주어지지 않을 삶이 호은의 앞에 놓여 있었다.

호은뿐이 아니었다. 호은의 세대에서는 역할을 담은 이름으로 호명될 이가 드물었고 그게 나는 두려웠다.

나처럼 호은보다 조금 먼저 태어난 사람들이 마지막 티켓을 끊고 이름표를 목에 걸었다. 그냥 정말 운이 좋아서, 아주 조금 먼저 태어나.

지금의 나처럼, 무능하게 굴 거면서.

다시 집을 나왔다. 갈대밭으로 들어갔다. 목소리들이 들렸다. 엄마. 아빠. 고등학교 때의 절친. 대학 신입생 때 짝사랑했던 선배. 잠깐 다녔던 헬스장의 트레이너. 오래 챙겨 들었던 라디오의 디제이. 한 넉달 사귀다 금세 멀어져 이젠 기억도 나지 않는 애인. 옆 반 담임들. 교무부 사람들. 대학 선배와 직장 선배들.

수많은 사람들의 목소리가 메아리쳤지만 송민정은 그 안에 없었다.

호은에게는 대번에 말을 걸었던 송민정이 내게는 묵묵부답이었다. 닭을 잘 튀기던 동네 어귀 치킨집 사장님의 목소리까지 듣고 나서야 나는 갈대밭에서 나올 수 있었다. 백발의 정신 나간 노인네가 되어 꼬부라질 지경이 되더라도 반드시 알아내야만 했다. 이건 말도 안 됐다. 송민정은 나에게도 설명해야 했다, 날 여기까지 데려올 거라면. 만약 어쩌다 못했던 거라면 갈대밭에서라도 말해야 했다. 그렇지 않은가? 만약 송민정의 해명이 없다면, 나는 그저 엑스트라에 불과했다. 나 자신이 이전에 이미 멸망한 세계에서 그를 투명 인간으로 대했단 걸 잘 알았음에도, 나는 그런 취급을 당하고 싶지 않다는 못된 마음으로 갈대밭을 헤맸다. 나란 사람은 송민정에게 이 정도로 미움을 살 대상이 못 된다고 나는 믿었다.

✦

남자는 신나게 운동장을 뛰어다녔고, 아직 하교하지 않은 아이들은 민정에게 물었다. 아줌마! 저 아저씨랑 사귀어요?

그 물음 때문에 민정은 남자에게 묻고 싶어졌다.

당신은 어떻게 아직까지, 강에 몸을 던지거나 넥타이로 목을 매거나 아주 많은 알약을 단번에 삼키지 못했나요?

정말로 이젠 안 아픈 거예요?
네.
내일도 나와 있어도 돼요?
네?

또 아프실까 봐 무서워서요. 그런데, 제가 말도 안 하고 나와 있으면 더 무서워하실 거 같아서.

아.

싫으시면 안 할게요.

아뇨.

네?

어차피 뛰느라 나와 계실 거 아니에요?

네.

그건 하시던 대로 뛰시고요.

네.

오늘은 저 퇴근할 때 뵈어요. 여덟… 아니, 아홉 시에 계단에서.

네?

밥 먹어줘요.


계단을 다 올라 헤어지고 나서야 민정은 남자에게 이름조차 묻지 않았다는 사실을 떠올렸다.

사무실에 들어선 것은 1시 50분이었다. 딱 여섯 명이 쓰는 조용한 사무실이었고 화장실이 사무실

안에 있어서 사람들이 이를 닦거나 단전에서부터 가래를 끌어올려 뱉거나 똥오줌을 싸는 소리가 다 들렸다. 자그마한 집거미가 손등 위를 돌아다녔고 바퀴도 몇 번 나왔다. 청소는 일주일에 한 번, 금요일 5시에 사원 두 명이 했다. 그때 쓸어 담는 사람들의 털과 각질, 벌레의 사체와 썩어 비틀어진 간식거리들 때문에 민정은 계단을 내려가며 몸을 벅벅 긁고 싶어지곤 했다.

죄송합니다. 민정이 작게 말하며 고개를 숙이고 발을 집어넣었다. 고개를 들었을 땐 시야에 번개가 치듯 번쩍 빛이 보였다. 뜨거운 액체가 주르르 인중을 가로질러 흘렀다. 시각이 제대로 돌아오지 않았다. 민정은 왼손으로 코를 틀어막곤, 무릎을 굽힌 채 다른 손으로는 바닥을 쓸며 자신의 코를 친 무언가를 찾았다. 그게 무엇인지도 모르면서 더듬거렸다.

눈에 초점이 다시 맺혔을 때쯤 그걸 찾아내 손에 쥘 수 있었다. 송민정의 이름이 새겨진 명함이 가득 들어 있는 플라스틱 케이스였다. 누군가에게 그 명함을 전할 일이 없었으므로 처음 받았던 상태 그대로 묵직했다.

민정의 전임자는 대표의 임금 체불과 직장 내 가혹 행위를 노동청에 신고했다. 영악한 여자를 뽑아서 그래. 대표는 그렇게 결론 내리곤 남자를 뽑았다. 그러나 그는 이틀 만에 잠적했다. 그다음으로 뽑힌 사람이 민정이었다. 면접에서 민정이 야무지게 말하지 못하는 모습을 대표는 높이 평가했다. 똑똑한 여자는 최악이야. 대표는 칼정장을 입고 앉아 있던 민정의 앞에서 말했다. 이 자리는 똑똑할 필요도 없는 자리고. 민정은 밝게 웃으며 고개를 끄덕였다.

거듭되는 언어가 불러오는 세뇌. 민정은 어느 순간부터 진심으로 생각했다. 나는 정말 최악이구나. 능력도 없는데 운이 좋아 이 자리를 얻었구나. 여길 떠나면 아무 곳에도 취직하지 못하고 그대로 굶어 죽겠구나. 게다가 이젠 나이도 많으니 새로운 도전 역시 할 수 없어. 나는 괜찮아. 회사에선 다들 힘든 거잖아?

내가 더 해야지. 더 잘해야지.

노력하면 되겠지.

20분 후 민정은 개인 물품이 든 박스를 옆에 둔 채 계단에 서 있었다. 다리가 아프고 다시 배가 욱신거렸지만 계단에 앉으면 사람들이 지나가기 힘드니까, 그래서 서 있었다. 집에 가고 싶었지만 9시에 만나자던 약속 때문에 그럴 수가 없었다.

또다시 자궁을 들어내고 싶다고 생각했다. 들어내어 바닥에 내팽개친 후 마구 짓밟아 터뜨리고 싶었다. 제 인생을 갈기갈기 찢어놓은 제1의 범인은 자궁이었다. 태어난 것부터가 문제였고 그것 역시 누군가의 자궁이 멋대로….

말을 말자. 민정은 고개를 푹 숙였다.

해가 지는 시각, 상사였던, 선배였던 사람들이 가방을 든 채 민정에게 말 한 번 걸지 않고 계단을 내려갈 때도 민정은 거기 있었다.

그리고 8시 50분, 운동화를 신은 두 발이 다시 눈앞에 와서 섰다. 주황색 가로등 빛이 그 발등 위로 떨어졌다. 그림자가 얼마나 긴지 민정은 보았다.

기억의 탑은 아주 높았다. 만화 영화에서나 봤던, 계단이 필요할 정도로 높은 책꽂이가 가득한 도서관 같았다. 층계를 오르내리며 수많은 두루마리들을 마주할 수 있었다. 대체로 텅 비어 있고 한없이 고요했으나 이상하게도 지금은 사슴들이 많았다.

나는 호은과 모든 층계를 하나씩 오르내렸다. 오르는 높이에 따라 몸의 살이 접히는 곳마다 차오르는 유쾌하지 못한 습기를 감각하고, 호흡이 거칠어질 때마다 어쩔 수 없이 이런 생각이 들었다. 내가 왜 여길 오르고 있지? 그러나 사슴들이 이 행위를 막지 않으므로 아마 그들이 우리에게 원하던 혹은 적어도 예상했던 행위였을 텐데, 정작 나는 목적을 알지 못했다.

호은은 잘 아는 듯 보였고 그래서 나는 괜한 열등감에 사로잡혔다. 호은이 원래부터 유일하게 살아남아야 할 사람이었다면, 그리고 어쩌다가 내가 불순물처럼 끼어들게 된 것이라면, 이 세계는 호은만을 위해 설계되었을 가능성이 컸다. 그래서 호은은 이 세계에 휘말린 나에게 최선을 다해야 한다는 심보가 솟았다.

"책임지라고!"

내 목소리가 탑의 벽에 반사되어 울렸다. 층계 아래쪽에 사슴의 머리가 점점 빼곡히 들어차는 것이 보였다. 대본에도 없던 엑스트라가 주인공의 행동에 유의미한 영향을 주는 존재가 되어선 안 되니까 저토록 많은 스태프들이 대응을 위해 모여든 것이겠지. 나는 내 소설 속의 인물들을 생각했다. 플롯을 딱히 정하고 쓰지 않았으므로 가끔은 의외의 인물이 튀어나와 신나게 떠들며 돌아다닐 때가 있었다. 그러면 편집자는 나에게 말했다.

그런 인물은 도구로 사용한 다음 제거해야죠.

인물을 버릴 줄도 아셔야 해요.

"나도 몰랐는데 뭘 어쩌라는 거예요!"

어느새 호은마저 소리를 지르고 있었다.

"내가 뭘 알았냐고요. 그 얘기 듣고 생각했다고요. 쌤이 너무 힘들어서, 그래서 미쳤구나. 집에 가서 막

울었다고요. 민정 쌤 진짜 좋은 사람이었는데. 몇 안 되는 좋은 쌤이었는데. 그러고 나니까 쌤이 나 같았 다고요. 나도 어른이 될 때까지 내내 생각했는데. 어른들은 왜 저럴까. 나는 어른이 되면 절대 저렇게 속 물적이고 비겁한 사람이 되지 않을 거야. 그렇게 다 짐하고 다짐하면서 살았는데 그 다짐을 지키면 먹고 살 수 없을 거란 사실이 확실해졌을 때 내가 뭘 어떻게 해야 하냐고요."

사슴들은 여전히 가장 아래층에서 맴돌고 있었다. 나는 울 것만 같은 심정이 되었다. 이미 죽고 없는 송민정에게 백기를 들고 싶었다.

"무얼 어떻게까지 하고 싶었던 거예요. 뭐가 그렇게 억울했냐고요, 어."

# 9

*

호은은 이야기를 이어 쓰기를 중단했다. 호은이 이야기를 쓰지 않자 이상하게 사슴들도 점점 기억의 탑을 찾으려 들지 않았다. 당연했다. 이해도 못 할 거니까. 지구인들에 대해선 아무것도 모르면서. 낡은 계단, 숨 막히는 면접, 아랫배의 통증, 물건이 가득 담긴 상자를 들고 가로등 아래 서야 할 때의 심정. 그런 걸 온실에서 자란 사슴 따위가 어떻게 아나. 이상하게 생긴 외계 생명체. 심지어 외계가 아닐지도. 그냥 싸이코였던 어느 지구인 여자의 염원에 따라 만들어진 허깨비일지도 모르는 것 따위가 어떻게 호은이 쓴 걸 이해하나.

두 번 현관문을 두드리는 노크 소리가 들렸다. 방금 아침밥을 가져온 이브는 아직 부엌에 있었고 호은은 욕실에 들어가 머리를 감는 중이었다. 나는 현관문을 열었다. 문 앞을 커다란 상자가 가로막고 있었다. 힘을 주자 상자가 뒤로 밀리며 문이 느리게 열렸다. 나는 상자를 가지고 부엌에서 빤히 바라보는 이브를 모르는 척한 채 거실로 들어왔다. 소파에 앉아서 호은을 기다렸다.

"그게 뭐예요?"

호은이 젖은 머리를 털며 나와 물었다. 그리고 대답 없이 손을 놓고 있으니 자기가 먼저 상자를 열었다.

"아."

"젠장."

너덜너덜한 교과서, 카네이션 모양의 배지, 물백묵 잉크가 튄 자국이 그대로 남아있는 블라우스, 말라서 빳빳해진 행주, 낡은 앞치마와 아직도 머리카락이 붙어 있는 머리망, 보건소에서 발급받은 위생증, 고등학교 때까지 찍었던 사진들을 모아놓은 앨

범, 상장을 스크랩한 파일철, 반쯤 남은 타이레놀 상자, 그리고 몇 장의 영화 티켓과 기차 표 따위들에, 변색된 은반지와 은목걸이.

송민정 쌤에게, 라고 적힌 편지 한 장.

나도 알아볼 수 있는 호은의 글씨였다. 호은의 손보다 내 손이 더 빨랐다.

*

## 10

송민정 쌤에게

쌤 안녕하세요. 정호은이에요. 스승의 날도 아닌
데 카네이션이라니 어이없으시죠. 1학년 동안 잘 가
르쳐주셔서 감사하다는 뜻이니까 시즌이 좀 지났어
도 그러려니 해주세요.

1년이 그래도 어떻게 가긴 가네요. 정말 지옥 같
은 1년이었어요. 물론 뒤의 2년은 더 좆같겠죠. 그
러니까 쌤이 계속 그 자리에 계셔야 하는데. 저는 이
기적인 사람이라서 제 앞길만 생각하거든요. 다른

교무실 말고 꼭 그 자리에 계셔야 하는데. 쌤네 교무실은 사람도 적고 한산해서 놀러가기 최고니까요.

쌤이 지난번에 해주신 말에 대해 생각했어요. 어디서부턴가 단추를 잘못 끼웠다는 확신이 들지만 어디부터인지도 모르겠고, 풀 만한 여유도 없는 삶에 대해. 그걸 용기의 문제라고 쉽게 말하는 사람들이 가장 밉다고 쌤이 말씀하셨던 거.

용기라는 건 죄다 부른 배와 따뜻한 궁둥이에서 나오는 거죠. 물론 정말로 안 그런 사람들도 있겠지만… 그런 애들은 이제 위인전에 올라가거나 정신병자로 몰려 죽는 거고요. 저는 그냥 평범한 사람이니까 해당 안 되고요.

쌤은 저에게 단추를 어떻게 끼우고 있느냐고 물었어요. 저는 대답했죠. 저야 몰라요, 아마도 끼우라는 대로 끼우겠죠. 그러자 쌤은 말했어요.


그래, 나도 그렇게 살았어. 그런데 어째, 고비마다 내가 무엇을 고심해서 선택하든 그 길은 단 하나의 결과만으로 이어진다는 생각이 요새는 많이 들더구

나. 무엇을 선택하시겠습니까, 라고 묻는 상황이 아주 많은 시뮬레이션 게임을 하고 있지. 여기저기서 떠들어대는 공략을 찾아보며 스탯을 키우고 계속해서 클릭을 해. 컴퓨터가 뜨거워지면 주변의 온도는 급격하게 올라가지. 나는 땀을 뻘뻘 흘리며 엔딩을 보기 위해 벌게진 눈으로 밤을 새. 그러나 엔딩은 단하나.

무엇을 하든 실패하는 거야.

그게 바로 제가 어른이란 사람들에게 듣고 싶던 말이었어요.

해. 더 하라고. 아직 부족해. 왜 안 되는지 아직도 몰라? 안 해서야. 네가 왜 우울한지 알아? 해야 되는 걸 아는데 안 하기 때문이라고. 일단 해. 앉아. 엉덩이 붙여. 펜 들어. 다른 생각 하지 마. 나중에 해. 긍정적인 마인드로 살아. 그래야 성공해. 쟤는 어린애가 뭘 안다고 벌써부터 음침한 생각만 해? 일단 중요한 게 뭔지 좀 봐. 저기 성공한 사람이 있다! 성공,

성공! 한번 보라고, 저 사람이 무슨 이야길 하는지.

저는요.

저는 실패의 경우를 길게, 또 나쁘지 않은 것으로 말해줄 방법을 아는 어른이 필요했다고요.

세상 모든 인생이 성공으로 끝맺을 수 있는 건 아니잖아요. 만약 그랬다면 얼마나 아름다운 세상이게. 실패했다고 스스로 여기는 인생이 훨씬 많겠죠.

그런데 그렇다면, 잘 실패할 수 있는 방법을 먼저 가르쳐줘야 하는 거 아니에요? 실패는 그냥 실패예요? 실패에는 빛깔이 없어요? 무늬도 없어요? 충분히 다채로운 방식으로 실패할 수 있잖아요. 왜 그건 다 무시해요?

실패를 빛나는 것으로 비춰줄 때도 있죠. 소설. 영화. 이른바 휴먼, 혹은 힐링 드라마. 집이 없어도 단골 바에서 위스키를 마실 줄 아는 여자. 집이 없어서 가구 전시장에 머물면서도 사랑을 하는 여자. 그런 사람들을 그리니까. 그런데 어른들은요, 그런 작품들에 별 다섯 개를 매기면서도 막상 그런 삶의 존재 가능성에 대해선 생각지 않죠. 별 다섯 개를 매길 수 있는 건 어쨌든 그 삶을 흉내 낸 작품이 팔릴 거라고 생각해 투자된 자본이 있기 때문이고요. 그런 자본이 없다면 작품 자체가 만들어지지 않았을 테니까…

저희 담임쌤은 주말마다 극장에 가서 독립 영화를 하루에 세 편씩 보더라고요. 인스타에 티켓 찍어 올리고 평도 항상 꽤 길게 남기죠. 그런데 학교로 돌아와서는 내내 그런 얘길 해요. 자기가 얼마나 죽어라 공부했나. 새벽 3시에 일어나서 허벅지에 얼음 올려 놓고 공부했다. 고등학교 3년 내내 친구들이랑 밖에 나가 논 적도 없다. 그런 식의 얘길 주구장창 늘어놓는 사람과 상상마당에서 영화를 보고 긴 감상을 적는 사람을 동일한 인격체로 보는 게 제겐 불가능에 가까워요.

그 사람에겐 성공이 디폴트이므로, 실패는 팬시한 거죠.

그런 사람을 어떻게 믿겠어요.

제가 약속 하나 할게요.

언젠간 꼭 쌤을 주인공으로 한 이야기를 쓸게요.

저는 성공하는 법은 잘 모르는 사람이라서, 죄송하지만, 실패하는 이야기를.

그러나 사랑하는 사람과 함께 눈물도 후회도 없이 웃으면서 찬란히 실패하는 이야길 쓸게요.

제가 성공하지 못했을 경우에 쓸게요. 물론 저는 제가 잘될 가능성이 없다고 생각하지만.

제가 지금껏 늘어놓은 궤변에 어긋나는 짓을 하는 거짓말쟁이가 되고 싶진 않기 때문이에요.


쌤을 알게 된 것이 유일한 행복이었던 1년이었어요.

정호은 씀

# 11

✱

나는 호은과 같은 아이들이 나를 인정하는 것을
스스로 자랑스러워했다. 다른 아이들과는 조금 다른
느낌의, 예술 영화나 인디 음악 따위를 좋아하는 아
이들이 내 SNS 게시물을 매번 확인하며 하트를 누
르고 댓글을 달 때 알량하게 기뻤다. 호은은 다른 교
사 몇몇과도 SNS 친구였으나 그들의 게시물엔 하트
를 누르지 않았다. 왜일까? 새로운 교육관을 따른 수
업 시연, 정치 이슈에 대한 부드러운 피드백, 재활용
품이나 아이스팩을 올바로 버리는 방법에 대한 공유
와 더 나은 세상을 위한 여러 가지 방안을 멋대로 생

각하여 덧붙이는 행위. 그런 게시물에 호은은 관심을 두지 않았다.

알고 보니 그 애가 가장 역겨워한 것은 나였던 것이다.

"뭐 이런 생각을 다 했니."

나는 괜찮은 척했다.

"하긴, 싫어도 싫다고 말은 못 했겠지. 담임한테 어떻게 그러냐. 야, 괜찮아. 교사는 원래 미움받게 되어 있는 직업인걸."

그런 게 아니었어요. 호은이 작게 항변했지만 나는 그 애의 마른 어깨를 툭 쳤다. 야, 괜찮아. 지금 와서 이런 걸로 삐쳐 봤자 나만 쪽팔리지. 안 그래?

말을 멈추면 잘 벼린 날을 세운 적막이 우리 사이를 가르고 들어왔기 때문에, 나는 계속해서 아무 생각이나 떠오르는 대로 지껄였다.

"왜 이 상자를 보낸 걸까요? 누가 보낸 걸까요?"

"약속 지키라는 거지. 너 글 안 쓴 지 며칠 됐더라? 협박하는 거지. 계속 안 쓰면 무슨 일이 벌어질까? 우리는 죽을까?"

"그럴 사람이 아니에요."

"사람을 다 말려 죽인 마당에 그런 말이 나와? 여기가 점점 무서워져. 아무리 봐도 악에 받쳐서 만들어낸 곳이잖아. 아무것도 없고. 상상력 없이 삭막해."

나는 편지를 한 번 소리 내서 더 읽었다. 호은은 귀를 막고 자기 방으로 들어가 사라졌다. '그 사람에겐 성공이 디폴트이므로, 실패는 팬시한 거죠. 그런 사람을 어떻게 믿겠어요.' 아까도, 지금도 그 문장이 계속해서 가슴을 갈기갈기 찢어버리는 기분이었다.

편지를 보니 내가 왜 살아남았는지, 나는 어렴풋이 짐작할 수 있을 것 같았다. 나는 송민정과 정호은, 두 사람이 공통적으로 원하던 일종의 성공을 표면적으로나마 얻은 사람이었다. 송민정에겐 정규직, 정호은에겐 창작자. 그러나 조금 더 파헤쳐본다면, 두 사람이 가장 싫어하는 부류의 사람이기도 했다. 스스로의 선함에 그 어떤 의심도 갖지 않지만 바로 근처에서 표류하는 외로운 이에게 손 한번 뻗을 줄 모르는 냉정한 사람. 혹은 예술의 가식적인 외피를 입었으나 톱니바퀴의 심장을 가진 기계 같은 인간.

이건 나에 대한 복수였으며 동시에 나를 도구로 삼는 행위이기도 했다. 정호은의 처음이자 마지막 작품에 도움을 줄 수 있는 사람은 흔치 않으니까. 이렇게 보챌 정도로 결과물을 빨리 손에 넣고 싶다면 '성실한' 누군가가 옆에서 호은을 계속해 밀어주어야 하니까.

거대한 악의에 몸이 떨렸다. 호은의 방을 노크한 후 묻고 싶었다.

네가 이 이야기를 다 쓴다면, 그다음에 우리는 어떻게 될까?

결국엔 죽게 될까?

"호은아, 나와."

나는 상자를 정리해 식탁 아래 우리 발이 닿지 않을 곳에 깊숙이 넣어둔 후 호은의 방문을 두드렸다.

"할 일을 해야지. 나와. 가자."

호은은 문을 열고 나와서 화장실에 들어가 수도를 틀었다. 나는 그 문 앞에서 말했다.

"배수구는 닫지 말고 열어둬. 3분 줄게. 3분 안엔 나와. 약속을 했으면, 지켜야지."

＊

이 기프티콘은 사용이 불가하신데요.

기프티콘을 사용하실 분은 미리 선결제하세요. 치킨집에 적혀있는 안내문에 따라 주문하기에 앞서 핸드폰을 들이밀었더니 바코드를 찍어 본 점원이 고개를 갸우뚱거렸다. 두어 번 바코드를 찍어보던 점원이 이번엔 아예 민정의 핸드폰을 가져가 쿠폰 번호를 포스기에 직접 입력했다. 결과는 마찬가지였다.

이 기프티콘은 이미 사용하셨다고 나오세요, 손님.

민정은 당황했다. 남자가 옆에서 민정의 상자를 든 채로 눈을 꿈벅거리고 있었다. 아아, 아… 민정이 머뭇거리는 동안, 술에 취한 무리가 뒤에 와서 섰다. 손님 죄송한데 뒤에 계신 분들 결제 먼저 도와드릴게요. 점원의 말에 민정이 옆으로 비켜섰다. 남자의 팔이 아프겠다는 생각을 뒤늦게 하고는 허둥지둥 상자를 건네받으려 했다. 심지어 양쪽 손목에 아대까지 끼고 있는데. 남자가 달라는 대로 별생각 없이 짐을 맡긴 자신이 사려 깊지 못했다는 자책감이 퍼뜩 들었다. 그러나 남자는 고개를 저었다.

아마도 기계가 잘못된 모양이죠?

남자가 물었지만 민정은 그게 아니란 걸 알았다. 기프티콘을 선물한 사람은 옛 대학 동기였다. 4년 내내 민정을 괴롭혔던 사람. 민정에게 먼저 다가왔고, 너는 나의 베스트 프렌드라며 민정에게 원치 않는 관계의 지속을 강요했으며, 민정이 자신을 피하자 민정의 사생활을 여기저기서 까발렸던 사람. 민정이 얼마나 잔혹하게 자신과의 우정을 헌신짝처럼 내버렸는지 울분을 토하던 사람. 그 사람은 대학을 졸업한 후에도 민정이 잊을 만하면 연락을 해왔다. 데이트하듯 코스를 잡았고, 줄을 서야 하는 맛집에 끌고 다녔으며, 자기 결혼식에 초대했고, 낯선 모임에 자꾸만 민정을 끼우려 들었다. 그에게 민정은 소중한 도구였다. 자신이 얼마나 잘 살고 있는지 보여주는 시험지였다. 자신을 빛나게 해주는 어둠이었다. 그리고 분명 알았을 것이다. 민정이 기프티콘에 대해서 어떤 이야기도 하지 못할 것이라는 사실을.

남자는 말했다.

다른 거 먹어요.

민정은 조금 멍해졌다. 누군가 아주 명료한 목표를 드러내며 자신에게 요구를 말하는 것이 얼마나 드문 일이었는지 방금 깨달았기 때문이었다. 대부분의 사람들은 일부러 목적을 뭉갰다. 아니, 목적이 없는 발화를 일상적으로 했다. 이유는 간단했다. 상대인 민정이 목적을 몰라야 더 큰 상처를 받을 수 있으니까. 민정이 목적을 파악하지 못하는 것을 민정이 부족한 탓으로 돌리면, 그러면 자기들이 아주 편해지니까.


남자는 골똘한 표정으로 민정 쪽에 여섯 꼬치, 자신의 쪽에 네 개의 꼬치를 걸쳐놓았다. 부드럽게 움직이는 기계의 리듬에 맞춰 꼬치들이 빙글빙글 움직였다.

혼자 칭다오에 다녀온 적이 있었거든요.

남자가 말했다.

정말요? 혼자?

네. 처음 비행기를 타본 날이었죠. 처음 외국에 나

가본 날이기도 했고요.

그런데 혼자였다고요?

별 이유는 없었고요. 그냥, 양꼬치에 칭따오, 하면 사람들이 막 웃는 거예요. 그러니까 너무 궁금해졌던 거죠. 대체 그 도시에 뭐가 있을까. 무엇이 있기에 매사가 그렇게 즐거울까. 거기 가면 나도 알 수 있을까. 웃는 법을 배워올 수 있을까.

그래서요?

아니, 그건 사실 다 있어 보이려고 하는 얘기예요. 그때 칭다오에 가는 비행기 표가 제일 쌌어요. 그래서 골랐어요.

그럼 어때요.

저는 아무것도 정하지 않았어요. 묵을 곳 하나만 정하고 돈을 조금만 환전했어요. 나머지는 계획 없었어요.

비자만 잘 나오면 되는 거죠 뭐.

남자가 잠시 말을 멈추었다. 민정이 사과했다. 미안해요. 계속 이야기해요.

공항에 내려서 공항 버스를 타고 핸드폰을 들어서

어디쯤 내려야 할지를 확인하려고 했는데 구글맵이 먹통인 거예요.

에. 설마.

네.

중국에선 안 되잖아요.

모르는 채로 갔다니까요.

맙소사. 그래서요?

그새 양꼬치가 과하게 익고 있길래 민정은 얼른 꼬치를 들어 숯불 위의 거치대에 올려놓았다. 남자가 민정이 하는 양을 보더니 따라했다. 먹으면서 이야기해요. 두 손을 다시 테이블 아래로 내려놓고 민정이 말했는데 남자는 움직이지 않았다. 먼저 드세요, 저는 맥주로 목 좀 더 축이고 먹을래요. 민정의 말에도 미동이 없었다.

이야길 마저 끝내고 싶은 모양이라고 민정은 생각했다. 그러나 그때, 남자가 긴 꼬치를 쥐더니 기름이 뚝뚝 흐르는 고기를 그대로 입으로 가져갔다. 꼬치의 길이가 기니 팔을 불편하고 요상한 모양새로 구부리곤, 어렸을 때 보던 원시인 캐릭터처럼 이를 드러내며 옆으로 살을 뜯어야 했다.

질겅질겅 살을 씹어 넘긴 남자가 그제야 말을 이었다.

미아가 될 거라고 생각하니 마음이 이상하더라고요. 사실 서울에서 길을 잃기란 쉬운 일이 아니잖아요. 정보도 많고 탈것도 많고 물어볼 사람도 많고. 그 순간, 지금껏 배웠던 모든 걸 다 잃고 몸이 쪼그라들어 아이가 되는 기분이었어요. 저를 제외한 온 세상이 순식간에 거대해졌죠.

무서웠겠다.

아니, 그보다는. 마지막 스테이지에 도착한 기분이었어요.

에?

만화 영화를 보면 보통 그렇잖아요? 모든 비극들이 해결되고 나면 사람들은 그런 일이 있었다는 사실을 다 잊죠. 주인공이 기억을 지워서요. 가슴 한쪽에 아릿한 무언가가 존재하긴 하는데, 가끔 그게 몸을 저리게 만들기는 하는데 왜 그런지는 알지 못하고 매일같이 일어나서 씻고 밥 먹고 출근하고 웃고 울면서 살죠. 무슨 일이 있었는지 간직하는 건, 주인공뿐이에요.

그러네. 지금 생각나는 그런 엔딩만 다섯 개가 넘네요.

그런 느낌이었죠. 한국에 있는 사람들은 제가 어떤 싸움을 하며 살았는지 다 잊을 거라고. 저라는 존재 자체를 그냥 잊을 거라고. 없는 사람이 될 거라고. 물론 제가 주인공은 아니고, 그냥 존재감으로 따지자면 괴수에게 제일 먼저 밟혀 죽는 아대남1 정도가 되겠지만, 그래도.

민정은 꼬치를 들었다. 붉은 기름이 옷 위로 떨어지지 않도록 조심하며 남자처럼 그대로 고기를 입에 넣었다.

남자가 민정을 보고 웃었다.

민정은 알았다. 남자는 칭다오에 가본 적이 없다는 걸. 남자는 양꼬치를 먹는 방법도 모르고, 중국에 가려면 비자가 필요하단 사실도 모르고, 어쩌면 비행기도 타본 적이 없을지 모른다는 걸. 무엇보다, 중국의 공항 버스에서 구글맵을 켠 사람의 일화는 민정이 이미 아는 이야기였다. 자기 조카 여자애가 겪었던 일이라고, 대표가 어느 점심시간에 했던 이야기였으니까. 요새 젊은 여자들이 얼마나 정신 빼놓고 외화를 낭비하러 다니는지 성토하는 것이 그의 골자였다. 남자가 어떻게 이 이야기를 아는지가 딱히 민정에게 중요하지는 않았다. 민정은 그보다, 고난과 모험이 환희로 끝난 후 모든 사람이 유실한 세상의 어느 파편을 홀로 간직한 한 사람이 얼마나 많이 그 모서리에 마음을 쩔릴지, 남자가 생각할 줄 안다는 게 놀라웠다. 그것은 민정이 만화 영화를 볼 때마다 마지막에 흐느껴 우는 이유였다. 민정이 지금껏 만났던 사람들은 하나같이, 민정이 그렇게, 만화 영화를 보러 온 초등학생들 사이에서 숨도 못 쉬고 눈물을 흘릴 때마다, 못 볼 꼴을 봤다는 표정으로 난감해하곤 했다.

✦

나는 일부러 편지를 잊은 듯 부드럽게 굴었다. 어

차피 사회생활을 하며 문제를 피하는 것에 아주 익숙해졌으니까.

대학 다니던 시절 어느 선배가 내 앞에서 대놓고 그런 말을 한 적이 있었다. 너를 보면 있잖아, 아주 우스워. 다른 사람은 전혀 신경 안 쓰는 척, 다른 사람과는 전혀 다른 척하면서, 사실은 사람들을 가장 많이 신경 쓰지. 사람들이 너에 대해 어떻게 생각하는지 24시간 전전긍긍하며 살피지. 그런 걸 잘 파악하지 못하는 애들은 너를 매력적이고 독특한 아이라고 여겨. 그렇지만 나는 아니야. 나처럼 그런 애들이랑 접촉 사고를 많이 냈던 사람들은, 있지, 뭐가 진짜고 뭐가 사기꾼인지를 너무 잘 파악하거든.

'누가'도 아니고 '뭐가'라니.

선배였기에 나는 그와 구태여 시시비비를 가리지 않았다. 오히려 웃으며 말했다. 그러게요, 선배. 저는 사람들의 시선에 아주 많이 신경을 써요. 어쩌면요, 사람들의 인정이 제겐 가치를 증명하는 수단의 전부라는 생각도 들어요. 그러니 선배가 정말 잘 본 거죠!

"발목이랑 발바닥이 너무 아파요."

어느 날 침대에서 일어난 호은이 내려오지 못할 때까지 그렇게 괜찮은 척을 했다.

그날 저녁부터 그 애의 온몸이 퉁퉁 부어오르고 열이 들끓기 시작했다.

## 12

✳

첫날엔 침대에 앉은 채로 제법 손장난도 치고 웃
던 호은은 이틀이 지나자 물도 제대로 넘기지 못했
다. 이런 젠장, 존나게 아파요. 사흘째에는 겨우 저
문장 한 마디를 뱉고 눈을 감은 채 끙끙거렸다. 이부
자리가 땀에 젖어 눅눅해졌지만 움직이질 못하니 갈
아줄 수도 없었다.

"쌤."

나흘째로 넘어가는 밤 호은의 침대 옆에서 눈을
붙이고 있는데 호은이 부르는 소리에 잠에서 퍼뜩
깼다. 방 안이 칠흑 같진 않은 걸 보니 지구가 떠올

라 빛나는 밤이었다. 허공에 붙박인 호은의 눈을 보고 나는 목소리를 냈다. 불렀어?

"쌤이 시킨 대로 했는데 뭐가 불만이에요."

"응?"

"쌤이 주인공인 사랑 얘기 어떻게 써야 했냐고요."

그제야 호은이 부르는 쌤이 내가 아닌 송민정이라는 사실을 깨달았다. 나는 목소리를 가다듬었다.

"비루하지 않게."

"그런 무드를 원할 거라면 저를 살려선 안 됐죠."

쌕쌕거리는 거친 호흡이 계속해서 귀에 박혔다. 호은은 여전히 땀을 흘리고 있었다.

"그런 걸 아는 사람이 아니잖아요, 저는. 알지도 못하는데 어떻게 써요. 경험한 적도 없는데 어떻게 상상해요. 전 그런 걸 못 해요. 쌤도 그런 걸 좋아하지 않았잖아요."

나는 호은의 귀에 대고 속삭이고 싶었다.

'그런 자그맣고 뻔한 약속도 지키지 못한다면, 내가 사람을 잘못 본 실수지. 나는 이 세계를 저버릴 수밖에는 없어.'

112

그렇게 말하고 싶었다.

땀 냄새가 났다. 나는 호은의 것이라고 생각하고 싶었으나 사실은 알고 있었다. 내게서 풍기는 악취라는 걸.

열등감.

모멸감.

소외감.

시기심.

이기심.

그 어느 단어로도 설명할 수 없는, 가장 저열한 밑바닥의 걸러낼 수 없는 찌꺼기. 나는 그런 인간이니까.

'네가 쓰던 이야긴, 내가 원하던 방향이 절대 아니야.'

나는 땀을 흘리는 귓바퀴에 대고 말하고 싶었다.

'너를 믿었는데, 다 엉망이 되었어. 송민정과 남자… 됐어. 신경 써준 건 고마워. 하나도 재미없는 얘기였어.'

나는 동이 틀 때까지 내내 차가운 물을 적신 수건

으로 호은의 몸을 닦아주었다. 나중에는 티셔츠마저 땀에 다 젖어서 아예 벗게 했다. 열을 내려야 해. 자꾸 이불을 뒤집어쓰려는 호은의 손목을 잡고는 한 손으로 계속해서 목과 팔과 어깨와 겨드랑이와 가슴팍과 배를 닦아주었다. 아무 말도 하지 않고, 헛것을 보는 이에게 내가 송민정인 척 굴고 싶던 마음을 부끄러워하면서 닦아주었다. 내 속은 아주 오랫동안 청소하지 않은 수챗구멍 같았다. 검고 진득한 때가 잔뜩 끼어 쾌쾌한 냄새를 풍기는 수챗구멍. 가끔 뜨거운 물을 부을 때마다 냄새가 유달리 심해지는 그런 구멍. 청소하고 난 후엔 사용한 수세미나 고무장갑까지 모두 버려야만 하는, 그 정도로 더러운. 그런 구멍. 회생이 불가한.

어쩌면 호은이 배수구를 막고 물을 틀었던 이유도 그게 아닐까. 그때 호은은 무서웠을지도 모른다. 그 구멍의 존재가 자기를 잠식할 것이라고 여겼을지도 모른다. 냄새. 끈적함. 한때 자신의 일부였던 오물들이 만들어내는 더러움. 혹은 거기서 기어 나올, 다족류를 닮은 무언가가 두려워서.

나는 혼자 속삭였다.

"어쩌면 아무 이유가 없었을지도 몰라."

호은의 열이 내린 것은 다음 날, 해가 중천에 떴을 때였다. 수프가 배달되었으나 며칠간의 간호로 기진맥진한 나도, 잠든 호은도 넘길 수 없었다. 이브가 들어왔길래 말했다. 열 내렸어요. 아프지 않을 거고요. 장례 치를 일 없어졌으니 안심하든지 말든지.

갈대밭으로 내려섰다. 바람이 불 때마다, 며칠을 안 씻은 몸과 머리카락에서 체취가 훅 풍겼다. 뛸 힘은 없었다. 죽은 사람들의 목소리를 듣고 싶지도 않았다.

가만히 서 있으려니 들리는 건 온통 바람에 갈대가 스치는 소리뿐.

그렇게 서서 나는 이 행성에서 스스로 죽음을 택하는 몇 가지 방법에 대해 고민했다.

기억의 탑에서 떨어져 죽는 게 가장 간편해 보였다.

다리에 힘이 풀려 주저앉고 싶어질 때까지 갈대 소리를 들으며 한참을 서 있었다.

그리고 뒤돌아섰을 때 나는 갈대밭을 헤치며 아주

가까이까지, 나를 향해 걸어온 사람을 마주했다.

"여기가 어디인가요?"

아대를 찬 남자가 물었다.

# 13

＊.

　남자는 쭈뼛대며 나와 호은의 거실로 걸어 들어왔
다. 그의 몸짓이 마치 삐거덕대며 어울리지 않는 춤
을 추는 것 같다고 생각했는데, 다시 보니 그것은 모
서리를 피하기 위한 동작의 연속에서 기인하는 어색
함이었다. 우리 둘의 거처에는 깎아지른 모서리와
뾰족한 꼭짓점이 아주 많았다. 남자는 그걸 피하고
있었다.

　"어딘가 경계가 조금 흐릿하다는 생각은 저만 하
는 거예요?"

　열이 다 내린 호은은 샤워를 하고 이브가 전한 판

초콜릿을 두 개나 우적우적 씹어 먹은 후 다시 퍽 활달해졌다. 아직 부은 발이 완전히 낫지 않아 절룩거렸고, 살이 많이 내려 눈빛은 더욱 형형해졌다. 그러나 그 애는 아프기 전보다 오히려 더욱 명석해 보였으며, 동시에, 모두를 꿰뚫는 듯한 인상을 주었다.

"나도 그 생각을 안 한 건 아니야."

"만져봤어요?"

"처음 보는 남자를? 내가 어떻게."

"안 만져질지도 몰라요. 그냥 홀로그램 같은 것일지도."

"그렇다고 하기엔 갈대를 너무 잘 헤치던데."

우리는 남자에게 민정의 상자를 가져다주었다. 그러나 남자는 상자의 주인을 알지 못한다고 대답했다. 송민정은 알아요? 묻자 고개를 끄덕였다. 네, 송민정은 알죠. 하지만 이 상자의 주인은 아니에요.

"그럼 뭔데요, 당신이 아는 송민정은?"

묻자 한참을 뜸들인 후에야 남자는 대답했다.

"제가 잃어버린 사람이요."

우리는 기억의 탑 어딘가에 호은이 따로 빼두었던

남자의 두루마리가 사라진 것을 확인했다. 남자의 기억이 모두 호은이 쓴 글과 일치하는 것도 확인했다. 그러니까, 호은이 상상하여 쓴 대로의 남자가 지금 우리 눈앞에 숨 쉬는 형태의 육체로 바뀌어 서 있는 것이었다.

"저기."

남자에게 무언가를 물으려다 나는 퍼뜩 깨달았다. 나는 그의 이름을 몰랐다.

"저기, 이름이 뭐예요?"

그러자 남자는 대답했다.

"이름이 있던 기억이 없어요."

나는 그 답을 듣고는 호은에게 윽박질렀다. 야, 너는 사람이 나오는 이야길 쓰면서 이름 하나를 안 지어줘? 너는 저 인물에게 책임질 생각이 있긴 해? 이름도 없는 삶이 얼마나 거지 같았으면 거기서 걸어 나왔겠냐고, 어? 애정 안 가져?

남자는 발코니에서 창 너머의 갈대밭을 바라보고 있었다.

"그, 갈대밭을 보면 뭔가 생각나는 게 있으세요?"

내가 묻자 남자는 대답했다.

"민정이 했던 말이요."

"어떤…."

"세상이 뒤집히면, 갈대밭을 찾아 들어가라는 말을 했어요."

그건 호은이 쓴 이야기엔 없던 내용이었다.

"갈대밭에 들어갔다가 두 분을 만나 이런저런 이야길 들었으니 민정의 조언이 맞아떨어졌던 거죠. 그렇지만 솔직히, 안심은 되지 않아요. 내가 감각하는 것들이…."

지금 보니 남자의 동공은 다른 사람들보다 훨씬 크고 둥그런 모양이었다.

"내가 지금 떨어진 이 세상이 진짜 같지 않아요. 나는 어딘가 붕 뜬 사람 같아요. 내 삶이 테스트용 파일이었던 느낌이에요. 금방 삭제되어야 하는데 게으른 어느 누구 때문에 계속 드라이브엔 남아 있는 거죠."

"아대를 벗어줄 수 있어요?"

"예?"

"하나만요. 하나만 확인하면 돼요."

남자는 두 손목을 드러내 주었다. 평행한 흉터들을 보고 호은의 노트북을 열어 나는 남자의 이름을 지어주었다.

✦

민정이 남자의 이름을 물어본 것은 두 번의 식사와 한 번의 영화 관람을 마친 뒤였다.

정민이에요. 제 이름.

와, 저랑 반대네요?

음, 글쎄요. 성이 정이에요, 이름이 민이고요. 이름으로 할 두 글자를 옥편에서 찾아내는 것도 귀찮아 돌림자만 덜렁 사용한 외자로 만들지 않았을까요.

민정은 그때의 그가 자신과 가장 가까웠다고 오래 기억했다.

민정과 동갑내기인 친구들이 하나둘씩 아이를 낳아 키우며 그 과정을 SNS에 전시할 때 민정은 자신이 알던 세상이 조금씩 부식되며 무너지는 기분을 느껴야 했다. 사랑하는 귀여운 우리 왕자님 공주님. 왕자님 공주님들의 엄마 아빠가 민정의 삶 어디에 얼마나 생채기를 내고야 말았던 사람들이었는지 민정은 아기들의 얼굴로 도배된 SNS 피드를 볼 때마다 기억할 수밖에 없었다. 그들은 좋은 부모가 될 것이다. 민정의 부모와는 다르게.

처음 돈을 내고 공간을 빌려 같은 침대에 누웠던 날 결국 그들은 포기했다. 민정은 웃음을 터뜨렸다. 처음에는 소리를 죽인 채였지만 점점 데시벨이 올라갔다. 결국엔 발작적이라고 표현할 만큼 거세게 터져 나왔다. 그러면서도 상상했다. 자존심이 상한 민이 자신을 죽일 수도 있다고 공상했다. 목을 조르거나 머리를 내리칠 수 있을 거라고 생각했으며, 외진 어느 골목에서 혼자 자궁의 통증으로 쇼크사하는 것보단 그 편이 더 빨리 발견될 터라고 예상했다.

우린 둘 다 너무 바보 같아요.

남자는 민정의 목을 조르거나 머리를 내리치지 않고 다만 조용히 말했다.

생식의 방법을 모른다면 결국 자연적으로 멸종하기 딱 좋은 생명체인 거잖아요.

그렇죠. 민정은 왠지 기분이 좋아졌다. 채도가 높은 색의 꽃잎을 엄지와 검지를 이용해 조심스레 문지를 때의 느낌이었다. 부드럽고 소중한. 힘을 주지 않아야만 하는. 한들거리고 드문.

그렇죠. 우리는 너무 바보라서… 도태될… 그런 개체들인 거죠. 그런데 나는 괜찮은데요?

괜찮아요?

네. 나처럼 불행한 개체가 또다시 탄생할 삶보다는 지금이 낫다고 생각하는데요.

민은 대답했다. 비로소 크게 숨을 내쉬며 미소를 지었다.

이제야 진짜로 편해진 것 같아요.

두 사람은 서로를 껴안고 다음 날 해가 아주 높이 뜰 때까지 잠을 잤다. 그러고는 손을 붙잡고 근처 분식집에 가서 야채김밥 두 줄과 수제비를 시켰다.

우리는 조금 더 아름다웠던 미래에서 더럽고 추악한 현재로 떨어진 사람들이라 적응이 버거운 것이라고 민정은 말했다.

　그리고 민은 집에 돌아가면 어떤 일이 벌어질지 상상하지 않았다. 그것은 미래의 자신에게는, 과거에 이미 벌어졌던 일이니까. 이미 지나간 일이므로, 바꿀 수 없을 것이므로, 슬픈 상상은 하지 않는 것이 나았다.

◆

　다음 날 새벽, 비몽사몽간에 거실로 걸어 나가니 호은과 민이 나란히 소파에 앉아있는 뒷모습이 보였다. 나는 호은을 부르지 않았다. 대신 뒤에서 숨죽여 두 사람이 무슨 대화를 나누는지를 들었다.

　"그래서, 그다음엔 무슨 일이 벌어졌는데요?"

　호은은 민에게 묻고 있었다.

　"저도 몰라요. 아무 기억이 나지 않아요."

　"그런데 어떻게 갈대밭으로 내려가라고 했던 건 기억하냐고요."

　민은 대답했다.

"그게 첫 번째 기억이에요."

"말이 안 되잖아요."

"누워서 눈을 떴을 땐 그 기억밖에 없었어요. 그래서 내려가 걸으니 그때부터 하나둘씩 옛날 기억이 돌아왔고."

"그럼, 그 말을 해준 사람, 그때의 민정은 어떤 사람이었는데요? 그건 기억할 거 아니에요. 이후의 기억에 등장하는 송민정이랑은 다를 거 아니에요."

민은 물었다. 왜 그 두 사람이 달라야 하죠?

그 답은 나도 알았다. 첫 기억 속의 송민정은 우리가 쓰지 않은 송민정, 이야기 밖의 송민정이니까. 이를 모르는 것은 이야기 속의 민뿐이었다.

호은은 대답하지 않고 대신 무릎 위에 놓인 민의 손목을 가만히 내려다보았다. 예의 그 아대로 둘러싸인 손목. 소파에서 잘 때도 아대를 벗지 않는 걸까. 나는 궁금했고, 호은이 고개를 들었을 때, 그 애의 표정이 난생처음 보는 것이었기에 깜짝 놀랐다.

해가 떠오르고 있었다. 호은이 창을 등지고 있었기에 그 애의 얼굴은 방 안의 모든 사물보다 조금 더

어두웠다. 가느다란 몸체의 테두리가 어슴푸레하게 빛났고, 입술이 뾰족했다. 민의 얼굴이 가장 밝게 보이는 위치에 호은의 두 눈이 자리했다. 눈두덩이 어두운 그림자를 드리우고 있었다.

나는 알았다.

호은의 안에서 비가 내리고 있었다.

이야기의 끝을 향해 졸졸 흐르기만 하던 마음의 줄기 위에 폭우가 쏟아져 넘치고 있었다.

유속은 점점 빨라지고 둑은 터지며 모든 것이 물에 휩쓸려 사라지는 중이었다.

그 비가 어디에서부터 시작된 것일까. 갑자기 뼈와 살을 지닌 채 등장한 인물에 대한 책임감? 그의 손목에 상처를 낸 것이 자신이라는 죄책감?

노크 소리가 들리더니 토스트와 씨리얼을 쟁반에 받쳐 든 이브가 들어왔다. 언제나 그랬듯 2인분의 양이었다.

"호은아, 아침 먹자."

내가 호은을 불렀다. 민이 고개를 돌려 나를 바라보았다. 호은은 민의 손을 잡아 일으켜 세웠다. 이브는 두 사람 분의 식기를 세팅해 주었다.

　이브와 민은 서로 다른 이야기 속의 인물이었기에 각자의 시야에 서로를 담을 수가 없었다. 이브는 송민정이 만들어냈고, 민은 호은이 만들어냈으니까. 자신이 만들어낸 이브에게조차 보이고 싶지 않은 아주 은밀한 소망이 송민정에겐 있었던 것이다.

　욕망은 아주 다층적이고, 이브가 꽤 표면적인 발현이라면 호은을 매개로 만들어낸 민은 그보다 내핵에 가까운 곳에 위치한 대상이었다.

# 14

\*

 

호은은 테이블에 접시를 하나 더 놓았다. 음식을 딱 절반으로 쪼개 덜었다. 이따 먹으려고요. 이브에게 천연덕스럽게 설명했다. 점심에도, 저녁에도 똑같은 일을 반복했다. 이브는 나를 따로 불러 물었다. 호은이 무슨 생각을 하는 거죠? 나는 고개를 저었다. 당신이 직접 물어보지 그래요? 나는 전령 역할을 하긴 질렸어요.

매일 밤 소파에 누워서 미동도 않고 아무 소리도 없이 나무토막처럼 잠을 자는 민의 앞에 양반다리를 하고 앉아 그 얼굴을 바라봤던 밤이 있었다. 굳게 다

문 입과 여전히 손목에 붙어 있는 아대, 그리고 아주 약한 곱슬기가 도는 머리카락. 모든 것이 뒤집히기 전의 지구에서 민은 어떤 이름을 가지고 어떤 삶을 살았을까. 새로운 이름과 새로운 성격을 자의에 관계없이 부여받은 채로 미래도 없는 송민정의 세상에 불쑥 뛰어들게끔 만든 것이 호은과 나의 잘못은 아닐까. 호은의 손에 무작위로 걸린 두루마리가 이 사람의 것이었기 때문에, 장난처럼 모든 것이 시작되지 않았나.

노트북을 든 호은이 기억의 탑에 처박혀 있는 동안 나는 민과 집을 나와 길을 걸어 다니며 이런저런 대화를 나누었다. 나와 호은이 지금껏 썼던 내용에는 존재하지 않는 기억을 민이 털어놓을 때가 있었다. 그걸로 나는 호은이 지금 무슨 이야기를 쓰는지 유추할 수 있었다. 매일같이 민은 놀라워했다. 새로운 기억이 떠올랐어요. 잊고 있던 게 생각났어요. 나는 민이 환희에 휩싸일 때마다 조금씩 무서워졌다.

"민정이 저랑 처음 만난 날, 회사에서 잘렸어요. 한 번 쓰러졌다는 이유로 그렇게 싹둑 잘려나갔어요. 너 말고도 일 할 사람 많다면서, 그렇게."

그것은 호은이 이야기 속 민정에게 별 죄의식 없이 지운 짐이었다.

"그런데 민정의 이야기를 계속 듣다 보니까 뭔가 이상한 거예요."

"네?"

"회사 상사가 했던 이야길 힘들게, 힘들게 털어놓아주는데 아무래도 익숙해요. 어디서 많이 들어본 이야기들이에요. 마치 내가 겪었던 것 같은."

호은이 성기고 서툴게 뿌려놓은 복선들이 이제야 떠올랐다.

"내가 물었죠. 그래서. 혹시 상사의 이름 석 자가, 무엇이었냐고."

결론을 알았기에 나는 묻지 않았다. 그러자 민은 침묵하는 나를 의아해했다. 왜 이름이 뭔지 묻지 않아요?

"알아서요."

내가 말하자 민은 대답했다.

씨발, 네가 뭘 알아.

그러고는 손을 올렸다.

＊ ＊ ＊

기억의 탑에 도착했을 때 호은은 평소처럼 발바닥이 까맣게 된 채 맨발로 노트북을 무릎 위에 올려놓곤 열심히 키보드를 두들기는 중이었다. 나는 노트북을 낚아챘다. 당장이라도 땅바닥으로 내동댕이칠 것처럼 한 손으로 위태롭게 들었다. 호은은 가만히 고개만 돌렸다.

"뭐예요?"

"내가 물어볼 말이야. 지금 뭐 하는 거야?"

"쓰고 있잖아요."

"왜 죄 없는 사람을 갑자기 저런 식으로 만들어?"

다리가 스무 개쯤 되는 곤충이 볼 위를 기어다니는 기분이었다.

"네가 어떤 식으로 민을 만들어놓았는지 확인해봐야겠어."

나는 호은의 노트북을 내 무릎에 놓고 펼쳤다. 호

은은 가느다란 목소리로 말했다. 부수진 않았으니 백업을 걱정할 필요는 없겠네요….

"왜 그런 식으로 바꾸어야 했어?"

호은이 썼다고 믿을 수 없던 부분들을 모조리 읽어버린 후 내가 묻자 호은은 기다린 것처럼 빠르게 대답했다.

"전에 말하지 않았어요? 무해한 사람을 본 일이 너무 오래되었으니까요. 쌤은 소원을 이루기 위해, 세상에 존재하지도 못할 깨끗한 인물을 만들어내는 게 옳다고 생각하세요? 그게 내가 쌤의 이야기들을 보면서 느꼈던 분노였어요."

나는 대꾸 없이 호은이 써 내려간 이야기들을 대각선 방향으로 다시 빠르게 훑었다. '속상하다'라는 어휘를 이용해 표현할 수 있는 감정이 이런 거구나. 오랜만에 느꼈다. 너는 불행을 가장하고 과장하는 인물들에게 휘둘리고 있는 거라고 말하고 싶은데, 그게 궤변인 걸 잘 알았다. 나는 백스페이스를 연신 누르다 더는 견딜 수가 없어서 블록을 설정하곤 그대로 삭제 키를 눌렀다. 호은은 두 팔을 늘어뜨린 채 자신의 노동이 무위로 돌아가는 것을 마냥 보고 있었다. 역시 예상했다는 듯이.

갑자기 왜 저렇게 심술을 부리는 걸까. 아무리 애를 써도 저 작은 몸 안에서 무슨 변덕이 들끓고 있는지를 모르겠어. 몇 시간 전까지만 해도 아무에게도 보이지 않았을 감정이 넘실대는 표정으로 민을 바라봤으면서. 왜 갑자기 자신이 만들어낸 인물을 이런 식으로 끌어내리는 걸까. 이런 식으로 버리려 하는 걸까. 왜 이런 식으로 자신이 증오하는 구석들을 그의 내면에 만들어놓으려 할까. 충분히 자신이 원하는 대로, 자신이 사랑할 수 있는 만큼만을 만들어낼 수 있으면서, 대체 왜.

아, 이해했다.

"너 무섭구나."

나는 호은을 똑바로 보고 다시 한번 이야기했다.

"너, 무섭다고. 지금껏 사랑해온 인물이 갑자기 눈앞에서 숨 쉬는 게 두려운 거잖아."

* * *

　호은은 소설을 써서 나에게 보여줄 때마다 내게
물었다.

　애는 이 이후엔 어떻게 살까요?

　매 결말마다 완벽한 매듭을 짓지 않는 이유에 대
해서도 그렇게 설명했다.

　자신이 좋아하고 마음을 줄 법한 인물들을 만들어
내고 그들에게 일종의 상실을 떠안긴 후 호은은 자
신이 똑같은 상황에 빠진 것처럼 낑낑 앓곤 했다. 앓
다 안 되면 내게 장문의 메일을 보냈고 그때마다 나
는 정해진 답지처럼 틀에 박은 이야기를 해주었다.
그리고 호은은 절대로 내가 정해준 돌파구를 향해
가진 않았다. 다시 그 인물들을 데리고 구불구불 긴
여행을 떠났다.

　민정의 이야기에서도 나는 은연중에 기시감을 느
꼈다. 민정의 많은 것이 송민정이지만 동시에 정호
은이기도 했다. 익숙한 일이었다. 호은은 자신의 삶
이 이러한 방식으로 진행되리라고 체념 섞인 예상을

이미 하고 있었을지도 모르는 일이었다. 취직을 못 하지만, 일자리가 없지만, 혹여 어딘가에 엉덩이 붙일 곳을 찾게 된다 하더라도, 힘들게 겉돌 거라는 확신을 미래에 대해 가지고 있었을지도.

민이라는 인물에게 호은은 자신의 어떤 점을 투영했을까.

호은이 언제나 자신의 인물을 사랑해왔던 것처럼 민에 대해서도 같은 감정을 느꼈다면.

그리고 그 인물이 텍스트에서 걸어 나와 눈앞에 서 있다면.

내가 아는 호은은 기뻐할 수 없었다.

내가 아는 호은은 겁에 질린 채 안간힘을 써서 도망칠 사람이었다.

## 15

*

 

나는 민을 데리고 나왔다. 민은 조금 주저하는 기색이었다. 무엇이 걱정되는 걸까. 자신이 이곳에 모습을 드러낸 후 나와 호은 사이의 기류가 평온하지만은 않다는 사실을 인지한 건 아닐까. 나는 민에게 직접 물어보기로 했다. 그러나 내 물음에 민은 예상과 전혀 다른 대답을 내놓았다.

"저를 발견할까 봐서요."

"누가?"

민은 대답하지 않았다. 다만 천천히 두 팔을 들었다. 번쩍 들지는 않고, 어깨 높이로. 마치 누군가 총구를 겨눴을 때 겁에 질려 서서히 팔을 올리는 사람처럼, 그런 포즈를 취했다. 그러고는 눈으로 힐끗 자신의 아대를 바라보았다. 보라는 말이었다. 내게. 과시하는 투였다. 자신이 어떻게 살았는지 왜 모르냐는 식의.

나는 민을 기억의 탑으로 데려갔다. 저녁이 다 된 시각이었고 호은은 어딜 갔는지 보이지 않았다. 굳게 닫힌 노트북이 바닥에 아무렇게나 놓여 있었다. 나는 조심스레 그걸 주워들어 열었다. 문서 파일은 내가 지운 그대로 남아 있었다. 단 한 줄도 호은은 덧붙이지 않았다.

민은 두루마리를 하나씩 펼쳐 보고 있었다. 조심스레 하나씩 펼쳐 보곤 다시 말아 집어넣었던 호은이나 나와는 달리 계속해서 납작한 그들을 포개어놓고 있었다. 나는 그 모습을 보며 이상하게, 개츠비가 옷장을 열고는 끝없이 꺼내어 쌓아놓던 실크 셔츠의 더미에 데이지가 얼굴을 파묻고 울음을 터뜨리는 그 장면을 떠올렸다. 데이지는 이토록 아름다운 것은 본 적이 없어요, 하고 말했다. 그리고 이 얄팍한 두루마리들은 내게 그 셔츠 더미처럼, 충분히 내 손에 움켜쥘 법했으나 결국 옷깃조차 스치지 못한, 간절히 원한 적도 없으나 자꾸만 그 알량했던 가능성으로 지금의 자신을 괴롭히는, 혼곤한 환상이었다. 내가 데이지를 오독했다 해도 상관없다. 그럼으로써 지금의 우리가 무엇을 욕구하고 있는지를 알아야만 했으니까.

"그렇게 많은 사람들이 그 옛날에 엉켜 살았어요." 내가 말했다.

"다 어디 갔는데요?"

"이제는 없어요."

"어디로 갔는데요?"

"갔어요. 없어요. 그러니까 무서워할 것도 없어."

민은 고개를 젓고, 다시 두루마리를 와르르 선반으로부터 바닥에 떨어뜨린 후 하나씩 풀어 확인하기 시작했다. 송민정을 찾는다면, 아마 없을 거예요. 나는 외쳤다. 그 목소리가 퍽 심술궂게 들렸으리라는 후회는 조금 늦게 찾아왔다.

그러나 답이 없었다. 민은 계속해서 두루마리를

헤쳤다. 이미 해는 졌고 세 개의 달이 떴다. 정민 씨, 민 씨, 이제 집에 갑시다. 나는 중얼거렸다. 뭘 찾는 지는 몰라도 불가능해요… 송민정은 거기 있을 리가 없다고요… 그 사람은 이 빌어먹을 세계를 만들어낸 사람이라고요… 그리고 그 이전의 세계에는 무려 80억의 인구가 복작복작 연명하고 있었답니다….

"찾았다."

민이 말했다.

그제야 나는 호은 역시 너무도 쉽게 그 끔찍한 양의 두루마리 가운데서 송민정의 것을 골라냈었다는 사실을 기억해냈다.

그건 확률적으로 가능한 일이 아니었다.

"어디서 찾았어요?"

내가 묻자 민이 어느 선반의 구석을 가리켰다.

민은 민정의 두루마리를 다시 말더니 내게 물었다. 이걸 가져가도 되나요?

민은 대답을 기다리지 않고는 두루마리를 옆구리에 끼고선 먼저 출입문 쪽으로 향했다. 나는 노트북을 들고 뒤따랐다.

"저는 이 세계와 제가 동시에 존재해선 안 된다고 느껴요."

집으로 돌아가는 내내, 민의 목소리는 아주 작았다.

"여기엔 제 기억과 맞아떨어지는 장소도 사람도 없어요. 기억이 물거품이 되고 있어요. 그건 내가 무효화된다는 말이랑 똑같다고, 나는 생각해요. 사람은 온통 기억으로 이루어져 있는 존재이진 않을까요. 그러면 그 기억이 없는 나는 사람이라고 할 수 있을까요…"

그러나 나는 그렇게 생각하지 않았다.

"정민 씨는 예전의 삶에서도 내내 똑같은 마음이지 않았어요?"

"네?"

"예전의 삶이나 세상은 정민 씨에게 소중했어요? 그 세상이 정민 씨를 환대한다고 느꼈어요? 거기서 무언가를 이뤄낼 수 있다고 생각했어요? 하필 왜 나로 태어났을까를 나쁘고 약한 마음을 먹은 채로 고민한 적이 없어요?"

내가 만약 호은이 서술한 대로의 민과 같은 삶을

살아야만 했다면. 그렇다면 나는 나 자신을 비롯한 모든 것을 있는 힘껏 증오하고 숨 쉬듯 저주하며 모든 것을 끝장낼 기회만을 노렸을 것이다.

그러나 민은 이상하다는 듯 나를 쳐다보았다. 대답은 현관 앞에서야 나왔다.

"…평생을 괴롭힘당하고 집 안에 스스로를 가두던 히키코모리라고 해서 내 삶을 사랑할 권리까지 박탈당하는 건 아니에요."

거실과 부엌의 불이 온통 환했다. 호은은 식탁에 엎드린 채였고 손도 대지 않은 저녁밥이 앞에 차려져 있었다. 그제야 나는 끼니를 걸렀다는 사실을 깨달았다. 깨닫자마자 허기가 몰려왔다.

식탁에 가까이 가고 나서야 호은이 엎드려 있는 게 아니라 몸을 잔뜩 구부린 채로 무언가를 쓰고 있는 중이라는 사실을 알았다.

"뭐 해?"

의자에 앉진 않고 호은에게로 고개를 숙이며 물었다. 민은 미끄러지듯 거실의 소파에 자리를 잡았다. 그러고는 고개만 부엌 쪽으로 돌려 우리를 바라봤다. 호은은 내 물음을 듣고 둥글게 말아놓은 상체를 일으켰다. 얇은 종이 한 장에 글씨가 가득했다.

"믿어보겠다는 발악이에요."

그러더니 종이를 들고 일어나 민에게로 갔다. 민의 옆에 앉아서 종이와 그의 얼굴을 번갈아 바라보며 묻기 시작했다.

좋았던 일들과. 그때의 감정에 대해.

그 애는 방금 자신이 만들어 종이에 끄적거린 피조물의 기억들을 다시금 확인받는 중이었다.

그런데 그게 의미가 있을까?

나는 의구심을 가지며 식탁 의자에 앉아 소파 위의 두 사람을 관찰했다.

✦

민은 계단을 하나씩 올랐다. 가위바위보를 하는 연인처럼 아주 천천히 올랐다. 오르다가, 내려가다가, 다시 올라가다가, 꼭대기까진 도달하지 않고 또 내려갔다. 민은 자신을 붙들어 매고 있는 목줄과 가위바위보를 하고 있었다. 너무나 당연한 것으로 여겼던 인력에 맞서 최대한으로 자신의 몸을 당기고 있었다.

9시가 거의 다 된 시각이었다. 계단을 오르는 사람보다, 버스정류장이 있는 곳을 향해 내려가는 사람이 조금 더 많았다. 지나가는 모든 사람들이 개가 눈 똥을 보는 듯 민을 피해 오르고 내렸다. 민은 올라가는 사람들 중 민정을 기억하는 사람들이 몇 있을 거라고 생각했다. 그러니 견딜 수가 없어졌다.

민정은 민을 돌려보내기 전 물었다.

좋았던 일이 무엇이었느냐고.


옆집 옥상에서 들리던 빨래 터는 소리와 빼곡하게 심어져 있던 상추 모종. 민의 집 옥상에서 그 집의 옥상으로 바로 건너갈 수 있었단 점. 커다란 아름드리나무가 있던 단층짜리 동네 미용실. 미용실 주인은 나무를 베지 않기 위해 나무를 빙 둘러 건물을 지었고, 그래서 그 나무는 땅 속에 뿌리를, 미용실에 몸통을, 그리고 옥상에 가지를 둔 채 살아남았다.

그게 신기해서 머리를 자르는 게 무섭지 않았다. 아홉 살, 아이들이 자신을 때릴 때 주걱을 들고 휘둘러 그들을 쫓아냈던 떡볶이집 아줌마. 그 아줌마가 컵에 담아주던 떡볶이의 맛. 아주 오래 끓인 떡볶이에서는 집에서 만들 땐 절대 흉내 낼 수 없는 집요하고 끈끈한 맛이 났다.

그 외의 터널은 길었다. 지금이 터널의 끝에 다다랐을 때일까. 민은 그렇게 생각하지 않았다. 자신의 삶은 터널에서 시작하여 터널에서 끝나는 것 같다. 초등학교에 다닐 때 자신을 힘들게 했던 문제. 몇 미터짜리 기차가 몇 킬로미터짜리 터널에 들어갑니다. 이만한 속도로 달립니다. 언제 터널을 빠져나올 수 있을까요. 그 문제가 풀리지 못할 세계에 살고 있다고 확신했다. 1미터 70센티미터짜리 남자가 터널에 들어갑니다. 한 시간당 7킬로미터의 속도로 달립니다. 언제 터널을 빠져나올 수 있을까요. 문제를 풀기에는 한 가지 조건이 부족했다. 민은 터널의 길이를 모른다. 미지수가 두 개인 하나의 방정식은 절대 유일한 답으로 도달할 수 없다.

민이 예견된 고통에 대비하여 몸을 움츠리며 집에 돌아갔을 때, 그러나, 그곳에서는 아무 일도 일어나지 않았다.

민의 움츠린 어깨가 사정없이 아팠다.

무언가가 와서 닿아 자극을 주었어야만 예상대로 행동할 수 있었을 터인데.

아무런 일도 일어나지 않았고 민은 무언가가 달라졌다는 것을 느꼈다.


민정은 방에 돌아왔다. 언니는 외박을 하는 모양인지 방에 없었다. 밤새도록 다섯 통의 자기소개서를 썼다. 지칠 때가 되면 잠시 창을 10센티미터 정도 열어놓고는 코를 내밀고 민에 대해 상상했다. 맞은편 집에 잠이 없고 노출증이 심한 노인이 살았기에 더 넓게 열어놓지는 못했다. 민은 어떠한 연인인가. 전화를 걸면 받지 못하는 연인, 만나기 힘든 연인, 자신과 밤을 보낸 시간만큼을 갇혀 있어야 하는 연인. 민정은 코를 벌름거렸다. 어느 집에선가 생선을 굽는 냄새가 났다. 이 새벽에? 민정은 누군가를 위해 새벽 3시에 생선을 굽는 이의 삶을 상상했다. 그런 삶은 팍팍할까, 촉촉할까.

민정의 핸드폰이 울린 것은 오후 1시의 일이었다. 해는 중천에 떠 있었고 민정의 방에는 커튼이 없었다. 직사광선이 창문 바로 아래 누운 민정의 얼굴에 내리쬐어도 민정은, 잘 잤다. 배만 아프지 않으면 잘 잘 수 있었다.

✦

"그 미용실이 어떻게 생겼을지 전혀 상상이 안 되는데요."

내 말에 민이 팔을 어깨 너비로 벌리더니 아주 큰 지구본을 껴안듯 둥글게 말았다.

"이 정도 아름드리 나무였어요."

"그 정도의 나무였다면 베기도 힘들었겠네⋯. 그래도, 그 나무를 감싼 단층짜리 건물을 짓는다는 것 자체가 주인한테는 쉽지 않은 선택이었을 텐데요."

"건물이 되게 안 예쁘고 낡아서 더 신기했어요. 바깥엔 옥색 페인트를 발라 놨고. 간판은 아주 오래되고 촌스러웠어요."

"그랬다고요?"

나는 조금 놀랐다. 호은이 그 미용실의 옥색 외벽과 낡은 간판까지 머릿속에 넣고 있었을까? 그렇지 않다면 이것은 민이 새로이 만들어낸 자신만의 환상일까?

"옥색이라니. 요새 애들은 민트색이라고 할 텐데."

호은이 지적하자 민은 엄마가 옥색이라고 자주 말했으니까, 하고 대답했다. 호은이 말을 이었다.

"예전에 내가 살던 동네엔 은행나무 사거리라는 곳이 있었는데. 차가 아주 많이 다니는 도로 한가운데 떡하니 정말 아주아주 큰 500년 된 은행나무가 두 그루나 서 있었어요. 원래는 도로를 닦으면서 옮겨 심으려고 했는데, 땅을 파려고만 하면 돌풍이 불면서 그 주변 상가의 간판이 사정없이 바닥으로 떨어지는 거예요. 다행히 다친 사람은 없었는데 아찔한 순간들이 너무 많았죠. 한 세 번을 그랬다고 들었어요. 결국엔 옮겨 심지 못하고 그 주위를 빙 둘러 도로를 닦았죠. 그래서 도로가 좀, 이상하게 생겼었어요."

호은이 그 기억으로 미용실을 만들었구나. 짐작이 갔다. 그런데 불쑥 민이 이상한 얘길 꺼냈다.

"저희 동네 사람들도 무슨 일을 앞두거나 기도할 게 있으면 꼭 미용실에 가서 그 나무에 리본을 하나 씩 걸고 오곤 했어요."

"리본이요?"

"네. 영화에 나오는 영험한 나무처럼, 있죠."

"정민 씨나 정민 씨 가족도 리본을 묶은 적이 있어요?"

호은이 물었다.

"네."

민이 대답했다. 제가 어렸을 때 엄마가 리본을 묶는 걸 세 번 본 적이 있어요.

"무얼 기도하셨을까요?"

민은 대답하지 않았다. 대신 '그리고'라고 말했다.

"그리고?"

"제가 커서 한 번 찾아가 리본을 단 적이 있어요."

"그래요?"

"네."

"무얼 기도했는지 물어봐도 돼요?"

민은 대답했다.

"엄마가 기도했던 것들을 풀어달라고 기도했어요. 이제 그만하라고. 그 나무엔 리본이 아주 많았어요, 그래서 엄마가 마지막으로 단 리본을 찾는데 시간이 조금 걸렸어요… 엄마가 아닌 엉뚱한 사람의 소원을 함부로 풀어버릴 순 없으니까요. 그러면서도 계속 저 자신을 의심하고… 어렸을 때 내가 봤던 게 맞나, 진짜로 그 리본이 우리 엄마의 것일까… 몰래 들어갔던 거고, 밤이었고, 불도 못 켠 상태라서 핸드폰 불빛만 약하게 켠 채로 계속해서 나무 밑을 더듬었어요. 누군가 나무에 종까지 매달아났더라고요. 우리 정수리가 리본을 스칠 때마다 딸랑딸랑 소리가 났죠. 그럴 때마다 숨이 막혔어요. 들킬까 봐."

"…우리?"

내가 민의 말을 끊었다.

"네."

민은 대답했다.

"민정이 같이 있었으니까요."

"정말?"

나는 호은의 얼굴을 바라보았다. 내가 빤히 바라보는 티가 나든 나지 않든, 그건 더 이상 중요하지 않았다. 호은도 나를 똑바로 쳐다보았다. 나는 눈을 세게 깜박였다. 호은은 고개를 숙였다. 그러더니 조용히 속삭였다.

"민정 씨는 왜 거기 같이 있었어요? 뭘 했어요?"

물으며 호은은 내 손을 더듬어 잡았다.

나는 이제 확실히 알았다.

이 일화는 호은이 모르는 것이었다.

민의 기억은 어디까지 자연적으로 발생될까? 민의 기억은 아주 작은, 눈에 보이지 않던 먼지 같았다. 투명해 보이던 것들이 어느 순간 뭉쳐져 명백한 회색빛을 띠며 굴러다니듯, 호은의 손길 없이도 민의 안이 조금씩, 떨어지는 물방울을 온전히 받아내는 호리병처럼 채워지고 있었다. 그리고 호은은 아마도, 그걸 자주 손에 든 채 이리저리 기울이며 얼마나 채워졌는지 확인하는 중이었다.

＊ ＊ ＊

"어렸을 땐 그 미용실이 좋은 곳이었죠. 그렇지만 커가면서 점점 그러지 않게 됐어요. 마지막으로 엄마와 미용실에 갔을 때는 제가 고등학생이었을 때였어요. 고등학교에 입학한 다음 날 쓰레기장에서 애들한테 많이 맞았어요. 걔들은 중학교에서부터 저를 알고 있으니까 제가 어떤 식으로 숨죽이며 맞을지를 잘 알았죠. 이건 쌍방으로 안심할 수 있는 행위였어요. 걔들에게도 저에게도 변화라는 게 없으니까.

그런데 담임이 그 현장을 목격한 거예요. 그 사람은요, 진짜 열심히 사는 사람이었어요. 이런 폭력이 자신의 학급에서 일어났다는 사실을 견디지 못했죠. 심지어 머리에 피도 안 마른 새내기들이. 담임은 폭발했어요. 철두철미하도록 냉정하게 미친 사람 같았죠. 이상하죠, 그 말이? 그렇지만 저는 이성적으로

151

돌아버린 사람이 최고로 무섭다는 사실을 이제는 잘 알아요.

담임은 매일 방과 후에 한 명을 남겼어요. 교무실에서 엎드려뻗쳐를 시켰죠. 팔이 후들후들 떨리고 콧물과 침이 뚝뚝 떨어지고 앓는 소리를 참을 수 없을 때까지 그 자세를 유지하게 해 놓고는, 컴퓨터로 자기 교육학 석사 논문을 썼어요. 등을 돌리면 자세를 바르게 하고 있는지 확인할 수 없으니까 뒤가 아니라 옆에서 엎드려 있게 시켰죠. 고개를 돌리지 않아도 눈만 굴리면 그 썩어 빠진 정신머리의 사내아이가 제대로 시킨 걸 하고 있는지 확인할 수 있게 말이에요."

"괴롭힌 애를 남겼다고요?"

"아뇨. 저를요."

민은 말했다.

"그 사람은 나약한 존재를 참을 수 없어 했어요."

그리고 갑자기 주어가 바뀌었다.

"그 애가 방과후마다 무엇을 하느라 늦게 집에 오는지 엄마가 알게 된 것은 초겨울쯤의 학부모 총회에서였어요. 그때가 마지막 총회였는데. 다른 엄마들은 모두 그 애가 무슨 짓을 당하고 있는지 알고 있었지만, 아마도 분명히 그건 잘못된 것이라고, 그래선 안 된다고 생각하며 실낱같은 괴로움을 느낀 사람들도 있었겠지만, 그 애의 엄마가 총회마다 좋은 옷을 차려 입고 와서는 방긋방긋 미소를 지으며 자기들과 좋은 학원이나 과외 선생의 정보를 주고받으니 그 앞에서 차마, 당신 아들이, 이런 말은 하지 못한 거죠. 대신 그런 소문이 돌았대요. 저 이는 아주 나쁜 새엄마라고.

엄마는 그 애를 끌고 미용실에 갔어요. 그 애의 머리를 밀어 달라고 했다더군요. 누군가 머리를 때리거나 바닥에 박게 시키면 바로 벌게진 상처를 확인할 수 있게요. 엄마는 리본을 나무에 매달았어요. 바리깡의 소리가 가끔씩 멈출 때마다 엄마가 나무의 옹이에 대고 중얼대는 게 들렸죠. 엄마는 그 애의 몸에 손을 대는 모든 사람들이 가장 끔찍한 죽음을 맞기를 기도했어요. 가장 끈질긴 생명력이 가장 늦게 스러질 상황만을 상상하여 속삭였죠. 무너진 건물 안에서 보름을 버틴 후 죽기. 척추가 부러진 채로 똥오줌도 못 가리다가 죽기. 욕창이 가득한 몸의 고통을 호소하지 못한 채로 누워 아주 오래 살다 죽기. 끝없이 재발되고 또 재발되는 암에 걸려 몇십 년 동안 항암 치료를 받다 결국 완치를 눈앞에 두고 죽기. 또….

그 애는 그때 처음 안 거죠. 엄마는 진심으로, 내가 제대로 크고 있었다고, 나를 제대로 키우고 있었다고 믿어 의심치 않는구나… 그리고 엄마는 정말 진심으로, 나를 때리지 않았다고 믿는구나… 라고 말이에요. 이발이 끝나고 그 애는 까끌까끌한 정수리를 쓰다듬었죠. 이제 거울 속 자신에게서 온전히 검은 부분이라곤 아대밖에 없었어요."

주어는 다시 돌아왔다.

"미용실 사장이 우편함에 열쇠를 숨겨놓는 장면을 여러 번 보았기 때문에 민정과 저는 쉽게 문을 따고 들어갈 수 있었어요.

엄마가 묶어놓은 리본을 먼저 찾아낸 건 제가 아니라 민정이었어요. 제가 설명해줬거든요. 어떤 리본이었는지.

제가 열세 살 때 엄마에게 꽃다발을 선물한 적이 있어요. 리본에 유성펜으로 직접 글씨를 썼죠. 엄마 저를 낳아주셔서 고맙습니다. 그건… 마치… 무슨 심리라고 해야 하나. 고문하는 자의 앞에 무릎을 꿇고 눈물을 흘리며 없는 죄목을 지어 바치는 이의 마음과도 같았어요. 엄마는 그걸 받고 펑펑 울며 나를 안아줬었죠. 그 리본을 풀어내어 보관했던 거예요, 그날까지. 세상엔 진짜 다양한 사랑이 있죠. 아주 끔찍한 사랑도 세상에는 있어요.

민정은 그 리본을 풀어내면서 무언가를 중얼거렸어요. 그러고는 리본을 손에 들고 물러났죠."

# 16

✳

민의 기억은 호은이 쓴 마지막 단락에서부터 미용
실에 들어가기 직전까지 비어 있었다.

"민정에게 전화를 걸어서 뭐라고 한 걸까요."

민은 거실의 소파에 누워 잠이 들었다. 나도 내 방
에 들어와 침대에 누웠는데 조금 후에 노크 소리가
들리더니 호은이 문을 열고 안으로 들어왔다. 그
러고는 벽에 붙어 누운 내 옆에 엉덩이를 붙이고 비
스듬히 앉았다. 나는 턱까지 끌어올렸던 이불을 명
치께로 내렸다.

"어떤 일이 있었기에 전화를 걸었을까요."

나는 이미 가장 무서운 답을 알고 있었다.

"엄마의 리본을 풀어 무력하게 만들겠다는 결심이 설 만한 일이었어야 하지."

"몸에 손을 대는 사람에 대한?"

"그게 실제로 일어났어야 해. 그저 아주 먼 옛날의 일화일 뿐이었던 게 실제로 벌어지니까 무서워서, 그래서 민정을 걱정했어야 해. 민정이 눈앞에 있지 않으면 그 저주가 실현될 것 같으니까. 그러면 민정이 그 밤에, 그 미용실에서 함께였다는 것도 설명이 되지."

무서워요. 무서워 죽겠어요. 호은은 속삭였다. 제가 무슨 짓을 한 건지 모르겠어요. 제가 대체 무얼 만들어낸 거죠? 저는 그냥 송민정 쌤이 사랑하는 이야길 써주고 싶었는데, 그렇지만 제가 행복한 사람 이야길 쓸 수 없어서, 그래서 아픈 사람 둘을 등장시키고 싶었는데, 둘이서 서로를 위로하게끔 만들고 싶었는데, 그런데 너무 많은 불행들이 제멋대로 생겨나서, 진짜로 저는 감당이 잘 안 돼요. 저 사람을 제가 만들었잖아요. 저렇게 힘든 사람을.

나는 무어라 대답해야 할지 몰라 조용히 누워 있다가, 손을 들어 호은의 팔뚝을 살짝 쓸어내렸다.

"책임지면 되지."

나는 이불을 들춰 호은이 들어올 자리를 만들어주었다. 호은은 내 옆에 누웠다. 우리는 천천히 허공에 손을 짚어가며 길을 찾기 시작했다. 어떤 전화가 걸려왔을까. 나도 호은도 무서웠기에 떨어질 수가 없었다. 얇은 이불 한 장을 마치 갑옷이라도 되는 것처럼 필사적으로 두른 채, 나도 호은도 만들어내지 않은 그 리본이 다시 묶여 흔들리는 모양새를 천천히 살폈다.

\* \* \*

호은이 절반을 덜어준 아침을 민이 천천히 입에 집어넣는 동안 호은과 나는 소파에 앉았다.

"어린 시절, 아주아주 큰 복지원에서 2박 3일 동안 봉사 활동을 한 적이 있어. 학교에서 수학여행을 대신해 단체로 갔는데, 돈을 내야 들어갈 수 있는 요양

원 같은 곳은 아니고 어느 독지가가 세운 복지 시설이었지. 국가 지원금과 성금으로 운영되는 곳이었던 것 같아, 아마."

나는 어렸을 때의 가장 강렬했던 경험을 털어놓는 중이었다. 그 어느 날의 교단에서도 한 적이 없는 이야기였다.

"나는 사실 어린 시절의 일들을 잘 기억하지 못하는 인간이야. 그런데 그 일만큼은 절대 잊을 수가 없어. 그곳에 봉사 활동을 하러 가려면 아주 일찍부터 예약을 해야 했대. 우리 학교는 늑장을 부리다가 방학식 직전의 한여름으로 일정을 잡을 수밖에 없었어. 그리고 거기 도착한 날부터, 샤워를 금지당했어."

"네?"

"샤워실이 지척에 있었지만 우리에게 샤워를 할 시간을 주지 않아. 저녁 봉사가 끝나면 교육을 받았고, 방에 돌아오자마자 아르바이트를 하러 온 대학생들이 복도를 점거하고는 우리를 나오지 못하게 했지. 이유는 이거였어. 강제로 봉사를 하러 온 중학생들이 복지원의 사람들 앞에서 코를 쥐며 멸시하는 눈빛을 보내지 않게 하는 방법은 똑같은 냄새를 풍기게 만드는 것밖엔 없다는 논리."

나는 계속 말을 이었다.

"나는 치매를 앓고 있는 여자 노인들의 목욕 봉사를 하겠다고 자원했어. 우리 반에서 자원자가 세 명 정도였던 걸로 기억해. 다른 애들을 모르겠지만 나는 봉사 정신 같은 건 하나도 없었고, 목욕 봉사를 하고 나면 샤워를 하게 해주겠다고 했기 때문에 손을 들었어. 샤워기에서 뿜어져 나오는 물을 너무너무 맞고 싶었어. 내 몸에서 나는 냄새를 견딜 수가 없었어. 그거 알아? 끈끈한 한여름의 땀과 검은 때와 분노가 섞이면 아주 지독한 악취가 나. 눈앞이 핑 돌아 보이지 않을 정도로 강해."

나는 그 목욕탕 바닥의 타일을 그리라고 해도 또렷하게 그릴 수 있을 터였다. 그 정도로….

"쉰 명. 쉰 명의 벌거벗은 노인들이 차갑고 딱딱한 목욕탕 바닥에 엉덩이를 붙이곤 울부짖고 있었어. 살아서 그렇게 많은 젖가슴을 본 것도, 그렇게 많은 울음소리를 들은 것도 처음이었어. 우리 셋은 이태

리타월을 양손에 끼고서 복지원 선생님을 바라보았지. 선생님은 말했어. 할머님들은 아프거나 힘들거나 슬퍼서 우시는 게 아니에요. 할머님들은 그냥 우는 거예요. 갓난아기가 우는 이유를 모르는 것과 똑같아요. 그러니 주저하지 말고 밀어붙여요. 시끄러운 기계를 닦는다고 생각해요. 안 그러면 이 일 못 끝내요. 이해하려고 들지 말아요.

그리고 곧 노인들이 똥오줌을 싸기 시작했어."

호은이 노트북을 끌어다 자신의 무릎 위에 놓았다. 손가락이 키보드 위에서 머뭇거렸다. 민이 제 몫의 음식을 해치우곤 휘적휘적 욕실로 걸어갔다.

"빠르게 돌아가는 컨베이어 벨트 앞에서 과자를 포장하는 공장 알바처럼 노인들을 씻겼어. 똥이든 오줌이든 신경 쓸 새가 없었어. 감각이 점점 마비되는 게 선명하게 느껴지더라. 내가, 이렇게 기계가 되는구나. 울음소리는 그냥, 공사판의 소음처럼 들렸고. 당연한 거 있지. 일이 제대로 돌아가려면 당연히 나야 하고, 그래서 노동자이자 을인 나는 참아야 하는 그런 소리 말이야. 그건 지옥이었어. 하지만 너무나 힘들었기에 곧 그게 지옥이라는 걸 망각했고."

"결국 그곳 사람들은 감각의 마비를 의도했던 거네요. 씻지 못하게 한 것, 사람을 기계처럼 대하게 된 것."

나는 고개를 끄덕이곤 덧붙였다.

"그것도 있어. 그렇지만 더 무서웠던 것은 사실, 가장 끔찍하다고 내가 여기는 방향으로 내 삶이 뻗어 나갔을 때의 내 미래와 마주하는 경험이 아니었을까."

호은이 조금 아리송한 표정을 지었다. 더는 빙빙 돌리고 싶지 않았다.

"나는 내가 그 지저분하고 넓은 목욕탕에 앉아 울며 똥오줌을 싸는 여자가 되고 싶지 않았어. 그 장면을 내 삶으로 만들지 않기 위해 지금껏 죽어라 산 거겠지 같은 생각도 해. 그렇다면 민도 그날의 사건으로 똑같은 생각을 하지 않았을까. 그래서 오래전부터 존재를 익히 알고 있던 엄마의 저주를, 그제야 풀려 했던 게 아니었을까."

그러자 호은이 대답했다.

"갑자기 그런 생각이 드네요. 어쩌면 민정이 반드시 미용실에 함께 들어가야 했던 이유가 있을 거라는. 그건 만난 지 얼마 되지도 않은 남자에 대한 동정이나 사랑이 결코 아니었을 거예요. 민정은 반드시 무언가를 되돌리고 속죄해야만 했어요."

✦

두 사람은 쏟아지는 햇빛을 막으려 손을 들어 차양을 만들 생각조차 하지 못했다. 그것마저 불경스러운 일인 것만 같았다. 죽은 자가 모든 것이 되어 두 사람을 휘감았다. 빛도, 공기도, 바람도, 거기 실려 날리는 나뭇잎이나 건물 앞을 지나가는 리어카에서 흘러나오는 노랫소리도, 죄다 죽은 자의 분신이었다. 목소리였다. 한이었다.

오랫동안 고통스러웠을까를 물어볼 필요도 없었다. 망자의 표정이 모든 것을 설명해주고 있었다. 저 이는, 자기가 살던 삶을 닮은 얼굴로 죽었구나. 민은 그런 생각을 했고, 자신이 그런 생각을 했다는 사실에 얼굴의 살을 모두 쥐어뜯고 싶어졌다.

귀가한 지 네 시간이나 지난 후에야 신고를 했다는 점을 석연찮게 생각하는 이들이 있었다. 민은 만약 민정이 쓰러진 일이 없었다면 자신이 1, 1, 9라는 번호를 누르지도 않았을, 혹은 못했을 거라고 확신했지만 그런 말은 하지 않았다. 아버지의 방에 들어가는 것이 절대 해서는 안 될 금지 사항이었다는 사실도 중요했지만 이를 어떻게 설명해야 할지 몰랐다. 사람들은 이해하지 못할 테니까. 만약 아버지가 문을 굳게 닫은 채로 쓰러졌다면 그는 민이 아닌 누군가의 신고로 발견되었을 터였다. 그는 문을 딱 손바닥 한 개 정도의 두께만큼 열어두었다. 부엌을 오가던 민은 그 틈 사이로, 쓰러져 죽은 자의 두 눈을 발견했다.

이유를 알 수 없는 심장마비로 인한 급사였다.


그리고 민에게서 전화가 걸려왔을 때 민정은 민이 흘리지 않은 눈물을 쏟아내고 말았다.

내가 죽인 게 아닐까.

민정은 자기소개서를 쓰며 자꾸 그 사람 생각을 했다. 자신을 가장 많이 괴롭혔던 사람. 지독히도 즐거워했던 사람. 부하 직원을 종처럼, 혹은 인간의 말을 알아듣지 못하는 동물처럼 대하는 것을 일종의 스포츠처럼 여기던 사람. 그런 작자는 사람이 아니야. 죽어도 싸지. 민정은 그렇게 중얼거리며 사진을 첨부하고 학력을 업데이트하고 정보가 뜨지 않는 옛 직장의 이름을 수기로 집어넣고 키보드를 두드려왔다.

그러나 일이 벌어진 지금, 저런 식으로 삭제당해 마땅할 정도로 나쁜 이였느냐고 누군가 묻는다면 민정은 결코 대답할 자신이 없었다.

어떤 이라도 아무런 인사나 준비 없이 홀로 고통에 몸부림치며 생을 마감해서는 안 됐다.


민이 엄마의 리본에 대해 이야기한 것은, 그러니까, 민정이 그 깎아지른 두려움을 민에게 숨기지 않고 보여주었기 때문이었다.

민은 민정의 탓이 아니라는 걸 확실히 해 주고 싶

었다.

그 저주는 당신의 생각보다 훨씬 더 오랜 세월을 묵은 일종의 이무기 같기 때문에, 당신이 대적할 수 있는 성질의 것이 아니라고.

민정은 그러나 믿을 수 없었다. 민이 그저 자신을 위로하기 위해 만들어낸 이야기라고 의심했다. 당신 아버지가 당신 어머니의 해묵은 저주 때문에 그렇게 되었다고? 민정은 고개를 저었으나, 민은 민정에게 할 말이 더 있었다. 그리고 그 말 때문에 민정은 비로소 민의 말을 조금은 신뢰할 수 있었다. 자책감을 덜 수 있었다.


그 리본을 실제로 볼 수 있다면요?

나와 함께 그걸 풀어내 달라고 내가 민정 씨에게 부탁한다면요?

이제 비로소 자유로워지기 시작한 내가 그 리본과 같은 과거의 유산에 기대고 싶지 않다면요?


그 부탁이 오롯이 민정 자신의 안정을 위해 꾸며

낸 것이리라 민정은 생각했으나, 민을 위한 것이라고 합리화했다. 그래서 리본을 함께 풀어내기로 약속했다.

그래야 자신이 아직 사람임을 증명할 수 있을 것 같았다.

고작 그 정도의 증명이, 생존에 필요했다.

# 17

✳

민은 갈대를 조금 꺾어 다발을 만들어왔다. 찬장
을 뒤져 나나 호은 중 누구도 쓸 생각을 하지 않던
긴 유리잔을 꺼내더니 거기에 갈대 다발을 꽂아두었
다. 파란색 군집에서 떨어져 나온 그것들은 바다 깊
숙이 다이빙하여 그 안에서 응시하는 산호 혹은 해
초의 빛깔을 띠는 방식으로 하루하루 변색되어 갔
다. 수많은 색채를 얇은 파란색 막이 감싸고 있는 식
으로.

갈대를 굳이 꺾어 안에 들여놓아야 했던 이유를
물었더니, 민은 대답했다. 민정이랑 했던 말 중에 그

런 게 있었거든요. 아주 무용한 무언가가 집의 어느 구석을 차지해도 괜찮은 삶을 살고 싶다는, 그런 이야기요.

갈대 다발은 아주 얕고 작게 속삭였다. 말이나 행동을 멈추고, 그 소리가 일으키는 반향이 완전히 가라앉도록 10초를 기다린 후, 아무것도 건드리지 않도록 몹시 천천히, 조심스레 귀를 대면, 갈대들은 라디오 잡음과 같은 목소리로 말하고 있었다.

그즈음부터 밤마다 꿈을 꾸기 시작했다.

꿈속에서 나는 아주 많은 이빨을 가진 동물이 되었다. 어린 시절 백과사전에서 보았던 달팽이의 이빨처럼. 이빨은 겹겹이 생겨나 그 부피로 내 입속을 넓히고 벌리고 찢어놓았다. 입을 다물 수가 없을 정도로 이빨이 많았다. 나는 마치 무언가를 잔뜩 입에 넣고 숨을 쉬지 못하는 사람처럼 헐떡거리며 어떻게든 입 안에 가득 든 것을, 내 신체의 일부를, 이빨들을 뱉어내려 노력했다. 필사적으로 입을 다물려 노력하면 곧, 그 이빨들이 우수수 빠지기 시작했다. 그러나 그래도 가득 찬 입 안은 비워질 새가 없었다.

뱉고, 뱉고, 또 뱉었다. 뱉을수록 이빨은 점점 작아져서 나중엔 거의 어린아이였던 시절의 유치 정도의 크기밖에 되지 않았다. 그러나 입안에서 계속해서 새로 자라났다.

똑같은 꿈을 지구가 떠오르지 않는 다섯 밤과 떠오른 두 밤 동안 계속해서 꾸었다. 나중에는 내가 꿈을 꾸고 있다는 사실을 인지할 수 있었을 정도였다. 또 이 꿈이구나. 그러나 내가 모르는 내가 나를 깨울 때까지 나는 무력하게 계속해서 이빨들을 뱉고 있어야 했다.

그렇게 시달리고 난 아침은 몹시 피곤했다. 가볍고 옅은 색의 대화를 주고받는 민과 호은의 앞에서 테이블에 팔꿈치를 올리곤 손바닥에 두 눈을 묻곤 꾹꾹 눌렀다. 왜 이 꿈이 다시 나를 찾아왔을까.

사실 이 꿈이 무엇인지 너무나도 잘 알았다. 지구에서 아주 많이 꾸던 꿈이었다. 언제 나를 처음 찾아왔는지, 그리고 무엇을 계기로 나를 떠났는지도 알았다. 이걸 다시 꾸게 되었다는 사실 자체가 나 자신을 얼마나 겁먹게 하는 일인지도.

"쌤. 많이 피곤해요?"

호은이 물었다. 나는 고개를 젓고 손을 눈에서 뗐다. 압력에서 해소된 안구가 다시 시야를 찾는 데에는 약간의 시간이 걸렸다.

"밤새도록 꿈을 꿔서. 그래서 제대로 잠을 못 잤어. 별거 아니야."

나는 토스트를 입에 물었다. 메마르고 뻣뻣한 식빵과 별맛도 나지 않고 기름지기만 한 버터, 질긴 동물성 단백질을 흉내 낸 무언가를 게걸스레 입에 집어넣었다. 맞은편에서 호은이 민에게 물었다. 요새 밖으로 엄청 많이 다니던데. 얼마나 멀리 길을 따라가보았어요?

기억의 탑에서 길은 끊겨 있었다. 아니, 다시 뒤집어 말하자면, 기억의 탑으로부터 길은 시작되었다. 그렇게 우리가 사는 곳을 지나고, 갈대밭을 가로지른 후, 나나 호은이 넘어갈 생각이 없던 조금 높은 경사의 오르막을 지나 계속해서 이어졌다. 그 오르막의 끝에, 그리고 그 너머에 무엇이 있는지 나는 알아보려 하지도 않았다. 그럴 의지도 용기도 힘도 없었다.

나는 씹기를 멈추고 입 안에 든 것을 꿀꺽 삼켰다. 징그러운 이빨들을 떠올리지 않으려 노력했다.

"끝까지요."

민이 대답했다.

민은 길을 따라 오래 걸어 오르막의 끝에 섰다. 그러고는 아래를 내려다보았다.

갈대밭은 내리막이 시작되자마자 자취를 감추었다. 아주 커다란 공터가 내리막에서부터 바로 시작되었다. 발끝으로 느껴지는 흙은 지금껏 지나온 길의 것과 같았다. 몇 걸음을 걸었다. 놀랄 정도로 금세 사위가 고요해졌다. 갈대들이 계속해서 바람에 흔들리고 서로를 스치며 내던 소리가 완전히 차단된 듯했다.

공터를 계속 횡단해 내려갔다. 그 내리막의 경사에 속도가 조금씩 빨라지고 발이 꼬였다. 경사가 끝날 즈음에는 거의 뛰는 모양새로 휘적휘적 움직이고 있었다. 바보 같아. 민은 생각하며, 조금 무거워진 아대와 손목 사이에 검지를 집어넣곤 잠시 아대를 늘려 손목이 숨을 쉬게 해주었다. 아대는 조금 축축

하고 무거워져 있었다. 물론 이 습기와 질량은 피가 아니라 땀을 아대가 머금었기 때문이었다. 피가 스며들었을 때가 훨씬 가볍고, 쾌적하니까. 민은 잘 알았다.

계속 걸었다. 저 멀리 아른대는 것이 있었다. 아주 크고, 하얗고, 단단하고, 네모난… 아마도 어떠한 형태의 거대한 구조물 같았다. 얼마나 더 걸어야 저게 무엇인지를 확실히 알아볼 수 있을까? 땅에서 아지랑이가 피는지 아닌지 모르지만, 확실히 민의 시야가 조금씩 흐려지고 있었다. 자꾸 초점이 맞지 않았다. 민정을 마지막으로 봤던 날 민정이 했던 말이 기억났다. 시력이 0.4인데 어떻게 안경도 없이 살았어요? 내일은 테를 고르러 가요.

안경테를 끝내 써보지 못하고 민은 민정을 잃었다.

계속 먼 흰색을 보고 걸었기에 민은 발 가까이에 도사리고 있던 물건을 보지 못한 채 제대로 걸려 넘어졌다. 발가락이 사정없이 욱신거렸다. 민은 무릎을 털며 일어나, 정신없이 걷던 자신을 잡아챈 물건이 무엇이었는지를 확인했다.

173

누구에게도 주지 않아 처음 받은 그대로 노란 고무줄이 두 번 묶여있는 명함 뭉치가 들어있는 플라스틱 케이스였다. 명함의 종이는 아주 두꺼웠으므로 케이스 역시 무거웠다.

민은 그걸 집어 들었다. 실은 케이스가 반투명한 흰색이었으므로 명함이 누구의 것인지는 굳이 열어보지 않아도 알 수 있었다. 그러나 민은 믿을 수가 없어서, 분명히 민정을 찾고 있었음에도 불구하고 민정의 흔적을 여기서 발견하리라 생각지 못했던, 실은 체념했던 연인이라서, 그래서 손톱을 이용해 케이스를 열고 명함 한 장을 꺼내 느린 햇빛에 비추어보았다.

그리고 지금 자신의 눈앞에 보이는 구조물이 무엇을 아주 크게 확대한 것인지도 깨달았다.

구조물엔 출입구가 없었고, 길은 거기서 끝났다.

민의 이야기가 끝나고, 호은이 말했다.

"세상의 양끝엔 종이가 있어요. 하나는 모두가 다르고, 하나는 모두가 같은 종이 뭉치. 지구에 살던 모든 사람들, 모든…일지는 모르지만 어쨌든 아주 많은 사람들을 모아놓은 쪽. 그리고 단 한 사람, 송민정의 정체성을 증명하는 종이 한 장을 숱하게 복제한, 똑같은 모양의 거대한 명함들을 모아놓은 반대쪽…. 그 사이를 잇는 길이 있고, 갈대밭이 있고…. 그 양쪽 너머에는 길이 없는 거예요, 쌤."

"저는 길 밖으로 나가고 싶어요."

민이 말했다.

길을 무시한다면, 수없이 많은 방향으로 뻗어나갈 수 있겠지. 우리가 이토록 선형적으로 이 세상을 잘못 받아들였던 이유는 오롯이 길 때문일 거야. 나는 생각했다. 이곳만을 디뎌야만 한다고 명령하는 듯한 그 선의 단호함과 건조함. 거기에 순응한 거지. 왜냐하면 우리는 그렇게 살도록 배웠으니까.

"솔직히 말하자면, 길이 아닌 곳, 그 주변 혹은 그 너머에 별다른 게 없을 거라고 생각했어요."

나는 민의 어깨에 조심스레 손을 올려놓으며 말했다.

"그 정도의 상상력이 있었을까, 이 세상을 만들어 낸 사람의 머릿속에. 그런 의구심이 저에겐 아직 있거든요."

"그런 건 사실 제겐 별로 중요하지 않아요. 저는
민정만 찾으면 되니까요."

"명함 케이스를 보고 무슨 생각이 들었는지 물어
봐도 돼요?"

"누군가 민정을 지독하게 괴롭히고 있다고 생각했
어요. 또다시, 또."

민이 몸을 씻으러 욕실에 들어갔을 때 나는 호은
에게 물었다. 미용실에서 무슨 일이 있었던 거니? 네
이야기니, 아니면 민의 이야기니?

"제 거예요."

호은이 대답했다.

✦

민정은 불을 켜고 핸드폰 카메라를 손에 든 채 들
어오는 이의 익숙한 얼굴에 무어라 대답해야 할지
몰랐다. 내내 자신의 뒤를 밟았을 거란 사실도 믿을
수가 없었다.

미친 사람들끼리는, 정신병자들끼리는, 있지, 같이 두면 이렇게나 위험한 짓을 한다고. 어딘가에 가둬놓아야 하는데, 이렇게 멋대로 활개 치도록 사회가 내버려두니까, 그러니까 나 같은 정상인은 무서워서 어디 제대로 살 수가 있나.

민정은 언니가 웃으며 말하고 있다는 사실이 가장 놀라웠다. 그래서 티브이를 보는 것 같았다. 자신의 일이라는 생각이 연기처럼 사라졌다.

나는 네가 너무 무서웠어, 동생아.

언니가 말했다.

나는 네가 빈털터리가 될까 봐, 앞가림도 못 하고 피 빨아먹는 버러지처럼 내게 붙어 있을까 봐, 그래서 항상 나쁜 꿈을 꿔. 동생이 능력 하나 없는 백수에 정신머리가 아주 나약한 정신병자라면 누가 나와 결혼해주겠니? 태어날 내 아이에게 이모가 어떤 사람인지 뭐라고 설명해야 할까? 우리 엄마 아빠는 이제 나이가 들겠지. 여기저기가 아프다가 기억을 잃을 것이고, 병원에 입원해 한국어 억양이 이상한 간병인을 써야겠지. 아주 돈이, 응? 아주 많이 들 거

야. 그런데 너는 한 푼도 안 낼 거잖아. 왜냐고? 너
는 그 때도 세상 탓 하면서 아픈 마음이나 호소할 거
니까. 책임져야 할 상황이 오면 죽고 싶단 말을 방패
로 삼은 채 아무것도 하지 않을 테지. 결국 나는 혼
자 돈을 내고 혼자 부모님을 보살필 거야. 남편은 속
썩다 가끔씩 내게 묻겠지. 그런데 처제는 언니에게
고마워하긴 해? 처제는 지금 뭘 하고 산대? 처음엔
참지만 점점 억울해질 거야. 나도, 내 가족도. 그렇
게 돈을 써서라도 너를 끊어낼 수 있다면 뭐든 할 수
있을 거야. 하지만 너에게선 잊을 만하면 뻔뻔하게
전화가 걸려 오겠지. 언니 나 배가 너무 아파서 움직
일 수가 없어. 언니 나 이번 달 카드값을 낼 돈이 부
족해. 언니 나 죽고 싶어서 견딜 수가 없어. 그딴 식
으로 계속해서 말이야, 계속해서!

숨이 턱 막혔다. 민정은 말하고 싶었다. 나는 당신
에게 그런 위로나 도움을 원치 않는다고. 한때는 언
니니까, 가족이니까 의지하고 싶어 했던 마음이 물
론 있었지만, 포기한 지 아주 오래 되었다고.

제발 좀, 남한테 피해주고 살지 말자 동생아, 응?

가족이라고 해서 다 너에게 퍼줄 수 있다고 편하게 생각하지 말자, 응? 나는 너만 생각하면, 네 등짝만 보면 아주 숨이 턱턱 막혀. 재의 존재가 평생 내 족 쇄이겠구나 하는 생각에, 응? 나는 또 모질지가 못 해서 너를 모르는 사람처럼 버릴 수가 없단 말이야. 그리고 너 역시 그 사실을 아주 잘 알고 이용해 먹을 테지.

나무에 매달린 종에서 작게 딸랑거리는 소리가 났다.

누가 언제 너에게 많은 걸 요구했니.

언니의 목소리가 한층 낮아졌다.

네가 1인분의 양을 해낼 수 있을 거라고는 기대도 하지 않아. 이건 너의 능력이 아니라 의지 문제니까. 보통의 선량한 사람들은 자기 몫을 다하기 위해 무언가를 참아내거든. 하지만 너는 그 참아내는 걸 하고 싶지 않은 거잖아. 그러니까 너 같은 이들이 가장 악한 거야.

저 이가 살면서 한 번이라도 민정의 버팀목이 되어주었다면 민정은 차라리 바락바락 소리를 지르며

화를 냈을 터였다. 언니가 나를 알아? 내 세대를 알아? 주입당한 모든 희망과 목표를 이미 이전의 사람들이 모두 쓸어간 기분을? 목적지에 도착해보니 알맹이는 다 훑고 텅 비어버린 벼 껍질만 가득한 논이었지. 메뚜기 떼가 오래 전에 지나간 후였으니까. 그런데 사람들은 말하는 거야. 황금빛 벼가 가득할 계절이구나! 이제 도착했으니 여기서 맘껏 먹고살렴! 그렇게 말하는 사람의 형상을 자세히 관찰하면 그의 몸이 점으로 이루어진 걸 알 수 있어. 조금 더 가까이 다가가면 그 점이 날개를 가지고 있단 걸 확인할 수 있지. 시끄럽게 날개를 비비는 소리들이 모이고 모여 사람의 말을 흉내 내는 거야. 그 사람들이 메뚜기야. 다 처먹고 나서 모르는 척 그 따위로 기만을 하지, 그렇게.

그러나 한 번도 언니를 믿을 사람이라고 생각한 적이 없기에 민정은 오히려 아무 말도 할 수 없었다. 굶어 죽을 지경이 되어도, 자궁이 자신을 누더기로 만들어도 언니에겐 절대 연락 한 번 안 할 거라고 백 번을 맹세하라 해도 할 수 있는데. 그런데 저 이는 민정의 무슨 면에 위협을 느낀다고 주장하는 것인가.

도르르 움직이는 빛이 유리창 밖에서 미용실 안으로 들어왔다. 민이 옆에서 민정의 손을 잡고 속삭였다. 경찰차가. 경찰차가 왔어.

밤에 남의 가게에 침입을 해 놓고 벌을 받지 않을 거라 생각했다면 그게 이상한 거지. 언니가 말했다.

민정은 민의 엄마의 리본이 아직도 자기 손에 있다는 사실을 깨달았다. 그리고 그와 동시에 언니의 모습은 사라졌다. 처음엔 눈이 없어지고, 그다음엔 손이, 발이, 흉통과 둔부가, 그리고 두개골이 사라졌다. 유일하게 남은 것은 입이었다. 그 입은 계속해서 무언가를 지껄이고 있었다. 저게 어느 나라 말인가. 민정은 누군가에게 손목이 붙들리면서도 의아해했다.

# 18

*

민은 길이 아닌 곳으로 길을 떠나기 전, 우리에게 미용실에서의 마지막 순간에 대해 이야기했다.

"저는 훈방 조치를 받고 풀려났어요. 미용실은 없어진 것 하나 없이 멀쩡했고, 저는 아버지를 잃은 직후였고, 미용실 사장님은 저를 어렸을 때부터 보아 온 분이었으니까, 선처하겠다고 했다더군요. 그분은 심지어 밥을 사주겠다고 저를 불렀죠. 밤 10시에, 마감한 미용실에 들어서니까 고추장 양념과 염색약 냄새가 섞인 공기가 코를 찔렀어요. 사장님은 떡볶이를 시켰다면서 물었어요. 매운 거 먹을 수 있지? 저는 고개를 끄덕였어요. 그간 얼마나 힘들었어, 그치?
사장님은 다시 물었어요. 주걱을 들고 아이들을 쫓
아내던 떡볶이 아줌마가 떠오르더군요. 그러므로 언
젠가는 이 사람도 낡고 질린 옷 같은 나를 개어 슬그
머니 어느 헌옷수거함에 넣어두겠구나, 따위의 생각
을 했어요. 그러니 마음을 주지 말자고.

혼자 컴컴한 미용실에 들어와서 불도 안 켜고 꼼
지락대고 있는 게 무섭지도 않았느냐고 그는 물었어
요. 엄마의 리본을 가지고 싶었다면 그냥 와서 달라
고 해도 됐을 텐데, 왜 굳이 그렇게 어려운 길을 택
했느냐고.

혼자, 말이에요.

제가 민정을 잃어버린 게 바로 그때예요. 경찰이
들이닥쳤을 때. 민정이 들고 있던 엄마의 리본은 경
찰차에 탄 제 손에 있었어요."

나는 민의 몸과 주변의 배경이 만들어내는 경계가
점점 단호해진다는 것을 깨닫고 있었다. 민은 이제
더 이상 별로 환상적인, 혹은 이질적인 외양을 가진
대상이 아니었다. 세계와 민은 서로를 받아들이고

있었다. 민의 기억이 점점 우리의 제한을 벗어나 제 뿌리를 멋대로 넓히는 것도 그 때문이지 않을까, 하고 나는 예상했다.

호은은 기억의 탑에 가는 김에 민을 배웅하겠다고 했다. 나는 내 존재가 이야기의 주인공인 그들을 방해하는 것이 아닐까 조금 고민하다가, 운동화를 꺾어 신고 나섰다.

기억의 탑 뒤편은 울창한 숲과 면해 있었다. 우리는 숲의 언저리까지 민을 따랐다. 빽빽이 들어찬 수종이 무엇인지 뼛속부터 도시인인 나로서는 알 턱이 없었다. 호은도 마찬가지일 거라 생각했는데 의외로 호은은 조금 다른 면에서 날카로웠다. 그러고 보니 정말 이상하죠, 이곳은. 숲이 이토록 울창하게 뒤를 가로막고 있는데도 벌레 한 마리 보이지 않는다는 게 말이에요. 이렇게 숲이 우거졌으면, 당연히 온갖 곤충들이 들끓어야 마땅한 거잖아요.

그러네. 나는 고요한 숲이 시작되는 경계에 선 민을 바라보며 호은에게 대답했다. 그러네. 이곳을 만든 이가 거기까진 생각지 못했나 봐. 나라도 그랬을 거야. 숲의 옆에서 살아보지 않은 사람은 숲에 무엇이 있는지 제대로 알지 못할 테니까.

호은이 메고 온 배낭이 그대로 민의 어깨로 넘어가는 것을 보고 나는 깜짝 놀랐다. 끽해야 민이 반나절 정도 숲을 뚫다 제풀에 지쳐 돌아올 거라고 생각했는데, 호은은 무엇이, 왜 그렇게 걱정스러웠을까. 무얼 얼마나 챙겨준 걸까, 이곳에서.

"약속했던 거 잊지 마요."

"네, 꼬박꼬박 지킬게요."

"조금이라도 힘들면 바로 돌아와요."

"걱정 마요."

그다음 말을 호은은 조금 뜸을 들이다 했다.

"민정은 다른 곳에서도 찾을 수 있어요."

그에 비해 민의 대답은 금방이었다.

"할 수 있는 데까진 다 해봐야, 자책 없이 앉아서 기다릴 수 있겠죠."

그러고는 휘적휘적 길이 없는 숲의 흙바닥을 딛고 가지를 헤치며 곧 사라졌다. 민이 시야에서 사라지는 데는 그렇게 긴 시간이 걸리지 않았다. 숲이 워낙에 빽빽했다. 민의 모습이 더 이상 보이지 않게 되자 나는 고개를 땅바닥으로 돌려 운동화로 애꿎은 땅을 팍팍 쑤셨다. 그러고는 너무 조용한 것이 너무 이상해서 호은에게로 시선을 돌렸다.

그리고 깨달았다. 내가 오해할 리 없었다. 나는 호은을 잘 아니까.

호은은 자신이 민정이 아님을 괴로워하고 있었다.

"정민이 말한 대로, 그 미용실에서 그대로 끝낼 생각이야? 네가 무언가를 쓰면 다시 바뀌는 게 있을 텐데. 이야기를 수정할 생각은, 들지 않아?"

다음 날 내 물음에 호은은 대답했다. 바꿀 수 있죠. 마음으로는 이미 천 번 만 번 바꾸었어요. 송민정을 버리는 버전도 있고, 송민정을 만나지 않는 버전도 있어요. 그렇지만 제가 어떻게 그래요. 이미 자기만의 기억을 만들어내기 시작한 사람을 가지고 어떻게 그런 장난을 쳐요. 게다가 혼자 숲에 들어간 사람을 위해서. 저는 못 해요.

그렇지. 호은은 민이 자신을 사랑하는 버전의 이야기도 만들 수 있었다. 그러나 그러지 못했다. 혹은

186

않았다. 어차피 허구에 불과한 민의 삶을, 그 완결성
을 위해서.

# 19

*

민은 지구가 열 번 뜨고 지는데도 돌아오지 않았다.

# 20

＊

 

호은이 이브에게 또 하나의 배낭을 요구해 받아냈다는 사실을 이브는 내게 곧바로 전해주었다. 지난번에도 하나를 가져갔는데 그걸 어디에 썼는지 모르겠네요. 배낭에 담아달라고 했던 물건들도 지난번과 거의 똑같아요. 호은이 기억을 잃기 시작하는 걸까요? 왜 똑같은 것들이 다시 또 필요할까요?

"너는 저기 들어가서 살아갈 만한 몸이 안 돼. 기다려."

이브가 돌아가고 난 후 호은의 방에 들어가 그 애의 앞에 서서 단언했다.

"곧 올 거야. 기다려."

"굳이 찾겠다고 가는 건 아니에요. 시간이 넘쳐나는데 나는 할 일도 없고 내가 있는 이곳이 어떻게 생겨먹었는지 알지도 못하는 멍청이로 너무 오래 썩어왔으니까요, 알고 싶다는 거예요."

무언가 잘못된 것 같다고 그 애는 말했다.

나는 이브에게 알려야겠다고 생각했다. 이브와 그의 동족들을 믿지 않아도, 그들이 자꾸만 내게 불유쾌한 존재가 되어도, 그래도 호은을 막아설 방법은 그것밖에 없었다. 호은이 민을 필요로 한다면, 그를 다시 불러낼 수 있는 너무나 간편한 방법이 있는데, 그저 몇 줄을 적어넣으면 되는데, 지구 대신 이 세계, 민정 대신 자신이 등장하는 장면 하나만 넣으면 되는데, 그런데 왜 그 쉬운 일을 하지 못한단 말인가.

여차하면 나는, 내가 직접 그러한 장면을 써넣으려는 마음 역시 품고 있었다. 호은이 못 하겠다면 내가 직접. 다 호은을 위해서였다.

"호은은 기억의 탑 뒤편에 있는 숲에 들어갈 생각을 하고 있어요."

나는 다음 끼니를 챙겨 온 이브의 손목을 낚아채 밖으로 끌고 가서 말했다.

　"거기 들어가서 무엇이 있는지 자기 두 눈으로 똑똑히 봐야겠다고 하는데. 걔가 거기서 하루나 버틸 수 있을까요? 아뇨, 절대. 돌아 나오려 해도 방향을 찾지 못할 게 뻔해요. 결국 거기서 시들시들 말라죽게 되겠죠. 당신이 막아줘야 돼요. 그런 생각을 하지 못하게끔 만들어야 돼요."

　이브는 눈을 꿈벅거렸다. 그러더니 말했다.

　"가능하지 않은 일을 시작할 상상을 어떻게 할 수 있죠?"

　"네?"

　"세상의 밖으로 뛰어나가겠다는 생각을 어떻게 할 수 있냐고요."

　나는 다시금 멍청하게 되묻기나 했다. 네?

　"탑은 세상의 끝점이잖아요. 그 밖으로는 나갈 수 없어요. 불가능해요. 적어도 몸을 가지고는… 물론 호은이 혼 같은 걸 믿는다면야 전혀 별개의 일이겠지만…"

이브는 혼란스러워 보였다.

"탑 뒤편은 없어요. 호은은 시도조차 할 수 없어요…. 호은이 왜 그런 상상을 하게 되었는지, 그게 더 걱정이 되는군요…. 탑 뒤편에 무엇이 있다고 했다고요?"

나는 이브를 물끄러미 바라보다가, 다시 손목을 잡고 집 안으로 들였다.

"부탁 하나만 들어줄 수 있어요?"

종이와 펜을 내밀었다.

"이 세계를 그려줘요."

왜 이브에게 이걸 물을 생각을 하지 못했을까.

이브는 나와 호은, 그 어느 누구의 영향도 섞이지 않은 오로지 송민정만의 상상으로 만들어낸 첫 피조물이었을 텐데. 그에 비하면, 민은 송민정, 호은, 그리고 심지어 나의 붓까지 오간 그림이었는데. 심지어 이젠 스스로를 덧칠하기 시작한.

이브는 별 말 없이 종이 위에 비뚤게 선을 그리기 시작했다.

아주 큰 동그라미 하나는 종이의 정중앙에.

192

그리고 가느다란 선 하나가 거기서 삐죽 뻗어 나왔다. 선의 길이는 길지 않았다.

이브는 선의 끝에 아주 작은 탑 모양의 도형을 추가로 그렸다.

끝이었다.

"이게 뭐예요?"

커다란 동그라미를 가리키며 내가 묻자 이브는 대답했다.

"글쎄요. 세상이겠죠. 대체적인 세상이죠. 그리고 여기는 그저 거기서 뻗어 나온 한 줄기 가지일 뿐이에요. 당신과 호은이 오기 전까지는 존재하지 않았던. 제가 이곳에 드나드는 건 일종의 출장이죠."

아니다.

나는 그걸 상상하지 않았다.

나는 차라리 이브가 그 옛날 중세 시대의 사람들처럼 내가 쥐여준 종이 한 장을 세계의 전부라고 주장할 거라 생각했다. 종이의 테두리엔 파란색의 갈대밭이 액자의 테두리처럼 빼곡하게 채워져 있고, 양끝 모서리에는 두 군데의 서로 다른 종이 무덤이

위치하고 있을 거라고. 그렇게 세계를 정의해 준다면 나는 이브에게 자신 있게 말할 수 있었다. 우리는 송민정의 상상력으로만 빚어진, 그 안에 갇힌, 그래서 그 밖을 생각하지 못하는 당신들과는 다르다고. 우리는 더 넓은 무언가를 발견할 수 있다고. 당신의 눈으로는 인지조차 불가능한, 그러나 따뜻한 피와 살을 가진 남자가 이미 당신들 세상의 바깥을 향해 걸어 나갔고, 이제는 당신이 그토록 중요하게 생각하는, 송민정이 세상의 마지막 순간까지 놓지 않았던 바로 그 호은도 그러려 한다고. 당신들은 아무 것도 아니라고.

그러나 이브가 그린 세계가 진짜라면?

우리는 커다란 본체를 모른 채 지금껏 비쭉 튀어나온 잉여분의 아주 작은 공간을 이곳의 전부라 생각하고 바보같이 허둥댄 꼴이었다.

민은 그 방향으로 가선 안 됐다.

반대의 방향으로, 송민정 혼자만의 정체성이 징그럽고 무겁게 쌓여 있는 무덤으로 돌진해야 했다.

"그건 있을 수 없는 일이에요. 민정의 명함 케이스

는 내가 만들어낸 거라고요. 송민정 쌤은 종이로 말라버릴 때까지도 모르던 일이에요. 그게 본체라는 건 송민정 쌤이 내가 무슨 내용을 쓸지 이미 알았다는 얘기잖아. 말도 안 돼. 이브가 거짓말을 하는 거예요. 그 음침한 사슴 새끼가."

호은은 분개했다. 아마 그 애는 민이 잘못된 방향으로, 이브조차도 존재를 인정하지 않는 세계의 바깥으로 걸어 나갔다는 사실에 겁을 먹은 모양이었다. 그래서 세계가 더 넓다고 주장하는 것이다. 민의 존재가 이대로 사라져버릴 수는 없으니까.

"저는 안 믿어요. 그런 말. 우리가 숲을 봤잖아요. 걸어 들어가는 모습도, 그 등도 봤잖아요. 나무를 헤치고 들어가다 돌아서서 인사도 했잖아요, 정민이 그랬잖아요. 그런데 어떻게 없다고 말해요."

"맞아. 정민은 네가 만들어낸 결과물이지. 숲도 송민정의 것이 아니겠지. 우리 셋 중 누구도 숲을 떠올리진 못했으니… 어쩌면…."

그렇지.

"아마 그 숲은 정민의 것일 거야. 그렇다면 정민은

그 안에서 안전할 거고, 언젠가는 벗어나 우리에게 돌아오겠지. 너는 걱정할 필요가 없어. 너무 걱정하는 것 같아서 하는 말이야."

호은이 발끈하려 했지만 나는 빠르게 말을 이었다.

"그런데 명함 케이스는? 아무리 생각해도 이상해. 이브는 탑을 딱 탑의 모양대로 성의 있게 그렸는데, 하지만 반대쪽은 아주 커다란 원일 뿐이었어. 이상하잖아, 직육면체도 아니고. 네모도 아니고. 왜 원일까."

"거짓말을 하지 않았을 거예요."

호은이 속삭였다. 주어가 없었지만 나는 바보가 아니었다.

"거짓말을 할 사람이 아니지, 당연히. 당연히, 네가 만든 사람인데 어떻게 너에게 거짓말을 해. 세상에 존재하지 않을 만한 사람을 만들어냈잖아. 사랑을 받아 마땅한 사람, 우리가 놓쳐버린 곳에서는 찾아보기가 너무나도 힘들었던, 그런 사람을 만들어냈는데 그 사람이 어떻게 네게 거짓말을 해."

호은은 계속 고개를 저으며 뭐라 들리지 않는 말

을 중얼거렸다.

"다만 나는 갑자기 그런 생각이 들었어. 내가 그곳에 가도 그건 명함 케이스일까? 네가 가면 어떨까? 우리는 사실 그 길의 끝에 뭐가 있는지 우리의 눈으로 본 적이 없잖아. 탑이 어떻게 생겼는지는 잘 알지만. 그래서 나는, 정민을 따라가기보다 먼저, 반대편 길의 끝을 우리가 봐야 한다고 생각했어. 과연 진짜로 무엇이 있는지. 우리는 과연 정말로 똑같은 것을 보는지."

그리고 다음 날, 정오까지 호은은 방에서 나오지 않았다.

나는 호은의 방문을 노크했다. 아무런 소리도 들리지 않았다. 들어간다? 나는 다섯 번을 말했다. 고요했다. 그래서 문을 열었다. 아무도 없었다. 이브가 따라 들어오더니 말했다. 배낭도 없네요. 나는 그날 새벽 3시가량까지 잠을 이루지 못해 거실을 휘젓듯 돌아다녔고, 선잠이 들었다 동이 틀 때쯤 깨었다. 그 찰나의 사이에 사라진 것이었다.

"정말 지긋지긋하군요."

고개를 푹 숙인 이브의 입에서 뜻밖의 표현이 튀어나왔다.

"이 세계의 창조주를 안다면, 당신들 둘이 그런 투로 자꾸만 행동해서 하는 말인데, 그렇다면 제발 가서 전해주세요. 하나도 재미없다고, 즐겁지 않다고요. 만약 누군가를 조종하며 희열을 느끼고 싶었다면, 그래서 이곳을 만들었다면, 왜 우리에게 뇌를 줬는지 물어봐주세요. 왜 성격을 주었는지도 알아봐주고요. 나는 살고 싶어서 사는 줄 알아요? 이걸 하고 싶어서 하는 줄 아냐고요."

이브는 눈가를 손으로 문질렀다.

"될 대로 되라죠."

나는 그때껏 이브가 독자적인 생각을 가지고 움직이는 하나의 개체가 아니라 설계대로 작동하는 로봇, 혹은 누군가의 허상의 온전한 투영이라고 생각했었다.

## 21

✳

호은이 이곳에서 나와 살았다는 흔적은 이제 딱 두 개뿐이었다. 방에 놓아두고 간 노트북에 적힌 이야기, 그리고 숲이 시작되는 어귀 어딘가의 가지에 걸어둔 다섯 개의 천 조각. 길이도 색깔도 재질도 제각각인 그 조각들은 우리가 함께 살았던 집에서 가장 눈에 띄지 않는 곳을 조심스럽게 잘라 옮겨온 것들이었다. 예를 들자면 식탁보의 한 귀퉁이나, 베개 커버의 뒤쪽이나, 몰래 한 장을 빼돌려 숨겨둔 얇은 수건 같은. 그 천들이 나뭇가지에 매달려 늘어져 있었다. 그 애는 리본도 참 자기처럼 묶어놓았다. 나는 엉성하게 묶인 매듭에 손을 가져다 대고, 그 어떤 돌풍이 불고 가지가 휘청여도 날아가는 일이 없도록 다시 꽉 묶었다.

벌레가 없는 게 다행이었다. 벌레를 워낙에 싫어하는 애였으니까.

들고 나간 배낭에 무엇이 담겨 있었을까. 이브에게 물으려다가 그만두었다. 어차피 호은이 사라진 이상 내가 그걸 알아봤자 무슨 소용이 있을까.

이제 내가 해야 하는 건 하나밖엔 없었다. 나는 반대 방향으로, 이브가 커다랗게 그려놓은 중심으로 향해야 했다.

지구에 있을 때, 집 밖으로 발을 옮긴다는 이야기는 곧 몸이 무거워진다는 이야기였다. 왜 그렇게 몸뚱이 하나 건사하는 데 필요한 물건들은 수십 가지인지. 바리바리 챙겨 넣어 묵직해진 가방을 둘러메고 걸으면 금세 열이 오르고 어깨 근육이 뻐근해졌다. 막상 그 물건들의 십분의 일도 쓰지 않고 다시 돌아올 거면서 나는 언제나 만약을 생각했다. 그 만일에 대비하지 못한다면 그날 하루가 엉망이 될 거라고 생각했다. 나는 그런 사람이니까. 내게 하루를 보낸다는 건 지점토로 어떠한 하나의 결과물을 만들어내는 행위와도 같았다. 손가락 끝에 묻힐 물을 충분히 준비해야 한다. 수분이 부족하거나 너무 많으면 말린 후에 바깥이 쩍쩍 갈라질 것이다. 복구가 불가능할 정도로 깊이. 마를 때쯤이면 이미 새로운 지점토를 만지작거려야 하는 다음 날이지만, 신경은 계속 그쪽에 가 있다. 후회되고, 속상하고, 매끈한 남의 것과는 다른 내 결과물을 쳐다보고 싶지도 않다. 누구도 내 결과물에 신경 쓰지 않는데도, 얼마나 갈라졌는지 관심조차 없는데도 나는 혼자서 앓는다. 그러다 결국 오늘 만들어야 할 것 역시 망친다.

아무것도 들지 않고 밖을 나다닌 것은 이곳에 와서가 처음이었다. 누구도 의도하지 않았던 실수에서 시작된 초과분의 삶이라고 여겼기 때문인지.

나는 운동화만 신고 길을 나섰다. 갈대밭에 잠시 들어갔다. 예전처럼 뛰지는 않았다. 남의 욕망 따위는 이제 별로 듣고 싶지도, 궁금하지도 않았다. 민과 호은이 그랬던 것처럼 갈대를 조금 꺾어 손에 들고는 다시 길로 올라섰다. 소풍을 나온 거야. 나는 어지러운 생각을 바보처럼 혼자 크게 중얼중얼 말로 뱉었다. 갈대가 참 예쁘지? 이런 색의 갈대밭이 있다는 걸 알면 사람들이 얼마나 많이 찾아들어 사진을 찍고 데이트를 하고, 그랬을까. 아마 나는 집에서 그 사진들이나 보고 있었을 텐데. 거기까지 갈 이유도 힘도 없다는 투로 시큰둥하게. 나는 아름다운 걸 몰라. 아주 삭막한 인간이지. 만약 나 대신 아름다움을 아는 인간이 살아남아 호은과 함께 있었다면 많은 것이 달라졌을까? 그 사람이라면 3.5개의 달이 뜨고 파란 갈대가 무성한, 시끄럽지 않고 고요한 이곳에서 무언가 대단한 의미를 찾아낼 수 있었을까?

나는 천천히 걸었다. 어차피 급할 것은 하나도 없었다. 나를 채근하는 요소도 없었다. 주연배우가 모두 숲으로 옮겨갔으니 무대는 그곳이었다. 나는 제 몫을 마치고 혼자 극장 밖으로 나와 헛헛한 속을 채울 방법을 찾지 못해 인근을 마냥 돌아다니는, 행인1 역의 앙상블이었을 뿐이었다. 극장에 돌아갈 필요도 없고, 커튼콜에 앙상블 한 명 정도가 없어도 극은 아

202

무런 영향을 받지 않는다. 아마 대부분의 관객은 그의 존재를 모를 것이다.

오르막의 경사는 내가 기억하던 것보다 더 가팔랐다. 꾸역꾸역 오르며 몇 번을 쉬었다. 길도 없는 숲으로 들어간 호은보단 편했겠지만, 별 위안이 되지는 않는 생각이었다.

꼭대기에 도착했을 때는 이미 해가 비스듬히 누워 있었다. 너무 늦게 미적대다 나왔나. 한숨을 쉬었다. 이러다 밤이 되겠네. 오늘은 지구가 뜰까, 안 뜰까. 생각하며 천천히 내리막을 향해 걸음을 옮겼다. 민의 말대로 갈대밭은 그곳에서 뚝 끊겨 있었다. 온통 황량한 공터뿐이었다. 내 몸의 그림자 외에는 바닥에 길게 늘어질 것이 딱히 없을 정도로 텅 빈. 나는 아직도 손에 들고 있던 갈대 다발을 조금씩 뒤에 뿌리며 내려갔다. 빵 부스러기를 뒤에 흘리며 걷는 남매처럼. 걸음을 옮길 때마다 바람이 세게 불어 등 뒤의 갈대를 그대로 가져가버렸다. 바람은 점점 세졌다. 리본을 꽉 묶고 온 게 다행이었다.

민은 거의 뛰는 것처럼 휘청휘청 걸어 내려가다가

명함 케이스에 발끝이 걸렸다고 했다. 아니, 눈앞의 구조물을 본 것이 먼저였나? 선후 관계가 조금 헷갈렸으나 이젠 그다지 중요한 일이 아니었다. 나는 느리게 걸었다. 다섯 걸음을 옮기며 저 멀리를 응시하고, 다시 다섯 걸음을 옮기며 발밑을 보았다. 이상하게 땅이 점점 부드러워졌다. 많은 비가 온 것처럼 갑자기 흙이 질어졌다. 신발이 조금씩 빠지기 시작했다.

하나, 둘, 셋, 넷.

넷을 셀 때 나는 문득 저 멀리 어떠한 형체가 아른거린다는 사실을 깨달았다. 저게 뭐지? 눈을 가늘게 뜨고 보아도 짐작을 할 수가 없었다. 우뚝 서서 곰곰이 생각하다가, 결국 다섯을 세며 시선을 다시 아래로 떨어뜨린 채 걸었다.

여섯, 일곱, 여덟, 아홉.

무언가 저 멀리의 진흙탕에 처박혀 있는 것이 보였다. 바닥을 보지 않고 걸었다면 아마 발이 채였을 터였다. 나는 세기를 그만두고, 그 물건에 시선을 고정한 채 걸었다. 그리고 오른손 엄지와 검지를 사용해 그것을 집어 들었다. 진흙을 손에 묻히고 싶지 않았다.

나는 그것이 무엇인지를 알았다.

민의 '대체적인 세상'이 민정의 명함 케이스였던 이유는 무엇이었을까.

아마도 민의 세상에서 민정이 부여받았던 역할을 나타내는 표지였기 때문이 아니었을까.

나의 '대체적인 세상' 역시 그랬다. 내가 살았던 세상에서 송민정이라는 개인에게 주어졌던 상징.

그것은 삼각기둥 모양의 플라스틱 명패였다. 정확히는, 경직된 증명사진과 교과, 업무분장, 이름, 그리고 내선번호가 인쇄된 얇은 종이를 크기에 맞춰 문구용 칼로 자른 후 투명한 명패용 케이스의 아주 얇은 틈에 구겨지지 않도록 천천히 꾸역꾸역 집어넣은, 뭐 그런 물건이었다. 아이들이 지나다니면서 쉽게 볼 수 있도록 우리는 반드시 각자의 파티션 위에 그 명패를 올려놓아야만 했다.

송민정의 명패에는 증명사진이 없었다. 얼굴이 박혀 있어야 할 자리가 허옇게 빈 채였다. 나는 정말로, 진심으로 몰랐다. 송민정의 명패를 눈여겨볼 일이 없었으니까. 그러나 어떤 용무에서든 그의 자리를 지나다니던 아이들이라면 그 명패를 유심히 보았을 거라는 사실 역시 충분히 알았다.

내가 익히 아는 아이들이라면, 그렇다면 그들 중의 일부는 충분히 영리하고 그만큼 악독해서, 아마 순진한 척 물었을 터였다.

왜 쌤은 여기 사진이 안 들어가 있어요?

"몰랐다고 하는 사람이 언제나 가장 비겁하지. 그래서 당신이 소설이랍시고 지껄이던 좋은 말들이 다 거짓이라는 거예요."

옆에서 누군가 말했다. 나는 보지 않고도 알았다. 그 목소리가 누구의 것이었는지 기억이 났다.

송민정이었다.

그리고 그 옆에 누군가 함께 서 있었다.

서툴게 컬을 넣은 어깨 기장의 머리, 붉게 칠한 입술과 어설프게 뺀 아이라인, 볼에 돋아난 뾰루지와 허연 각질이 일어난 코끝. 두껍고 통풍은 전혀 되지 않는 원단으로 만든 흰색 하복 블라우스와 먼지가 잘 붙는 검은색 H라인 치마는 익숙했다. 내가 가르

치던 학교의 교복이었으니까.

이목구비 역시 내가 잘 아는 이의 것이었다. 떠난 호은의 것. 그러나 나는 그의 표정에서, 이 호은은 이곳에 데리고 온 호은이 아니라는 확신을 얻었다. 지금 송민정의 옆에, 옛 교복을 입고 있는 호은은 과거의 호은이었으니까.

"위선자."

호은이 말했다. 그리고 그 말이 끝나면서 서서히 얼굴의 요소들이 천천히 움직이기 시작했다.

저건 누구였더라. 나는 기억을 더듬었으나 이목구비가 변하는 속도는 그보다 조금 더 빨랐다. 빛과 움직임에 반응하는 일종의 홀로그램처럼.

# 22

*

아주 거대한 열기구를 띄우는 꼴의 사기 행각에 뜨거운 바람을 불어넣어야 하는 역할을 맡게 되었다면.

출발 직전의 열기구에 오르기 위해 뛰는 자들을 채근하는 역할을 맡게 되었다면.

열기구에 오를 수 있는 사람의 숫자가 하루하루 지날수록 가파르게 떨어지고 있다는 사실을 숨겨야만 하는 역할을 맡았다면.

울며 뛰어오는 사람들의 얼굴을 보면서도 말뚝에 매인 밧줄을 풀고 이미 정원이 찬 기구를 날려 보내야 하는 역할을 맡았다면.

대롱대롱 매달린 정원 외의 누군가를 떨어뜨려야 하는 역할을 맡았다면.

관성으로 인해 멈출 수 없게 된 달리는 이들의 눈앞에는 벼랑뿐인데, 조심하라는 말을 해서는 안 되는 역할을 맡았다면.

애당초 처음부터 그들에게, 어느 방향으로 얼마나 필사적으로 달려야 하는지 끝없이 확성기에 대고 주입시켜야만 하는 역할을 맡았다면.

그렇게 하고 돈을 벌어먹으며 살았다면.

그것이 달리는 자들을 위하는 일이라고 오래 전부터 누군가에게 가르침을 받았다면.

나는 호은의 것으로부터 시작하여 시시각각 변하는 이목구비에서 익숙한 얼굴들을 보았다. 홀로그램 같기도, 경극 같기도. 입술을 쥐 잡아먹은 색으로 칠한 채 강당에서 통성명을 하던, 교단에 서서 담임이라고 선언하는 나의 눈치를 잔뜩 살피던, 웃고 울고 화내고 배고파하고 졸거나 자던, 표면은 점점 푸석해지고 선은 무너져 둥그렇게 변하던, 점점 나와 눈을 마주치지 않게 되던, 그리고 적대심과 무력감에서 오는 복종의 감정을 드러내곤 하던, 그 얼굴들.

"나를 정말 미워했구나, 걔가."

나는 중얼거렸다. 송민정이 발끝을 세워 땅을 툭툭 찼다.

"당신만을 위한 이야기죠, 여기서부터는. 모든 죄의식, 자책감, 후회 같은 것들을 완전히 까발리기 위해 만들어낸 세계. 세상이 멸망하는 순간까지도 끝없이 합리화하고 변명하기에 급급했던 마음을 들여다본 이가 만들어낸 세계."

아직도 그 애가 이야기를 쓰고 있나요. 내가 물었다. 그렇다면 그 애는 지금 내 반응 역시도 알고 있을까요.

그러자 송민정은 웃더니 대답했다.

"이야기를 써봤으니 잘 알지 않나요."

무엇을?

"이야기는 하나가 아닐 수 있지 않나요."

"그래요. 아마 두 개를 쓴 모양이죠." 나는 말했다. "민이 나오는 이야기, 그리고 당신과 불특정 다수의 피해자가 나오는 이야기. 아마도 나를 찾아오게끔 이야기를 쓰고 떠났나 보죠."

그러자 송민정은 고개를 저었다.

"아니라고요?"

"그렇다기보다는." 송민정이 말했다. "호은이 불러낸 이는 불특정한 사람도, 피해자도 아니거든요. 그리고 이야기를 두 개 쓴 것도 아니에요. 이야기는 하나예요. 다만…"

"다만?"

"…한 겹이 더 있었던 거죠. 호은은 자신이 쓴 이야기를 자신이 썼다고 쓰지 않았어요."

\* \* \*

나는 노트북을 열어보았다. 송민정의 말대로였다. 호은은 떠나기 전, 민정과 민의 이야기를 쓰고 있는 화자를 새로이 등장시켰다.

그리고 그 화자의 이름을 비워놓았다. 송민정의 옆에 서 있던 누군가가 어쩌면 그일지 몰랐다. 그는 간단히 '화자'라고만 명명되었다. 이름도 특정할 수 있는 특징도 존재하지 않았다. 다만 처음 등장한 '화자' 란 단어에 메모 기능으로 무언가를 적어두었다.

내게 남기는 말이었다.


쌤은 제가 길을 떠나는 것을 걱정했었어요.

저도 제가 어떤 식으로 끝나게 될지는 몰라요.

하지만 화자가 저를 찾아 길을 떠난다면 어떻게 될까요?

그렇다면 저는 하나 더 생겨날까요, 아니면 저의 미래가 화자의 이야길 쓰는 그 바깥 누군가의 손끝에 달려 있게 될까요?

저는 궁금하지만, 제가 직접 제 욕망을 투영한 실험을 하고 싶지는 않았어요.

그래서 돌아오고 싶어도 돌아올 수 없도록 미리 떠나요.


호은이 내게 배턴을 넘겼구나. 나는 생각했다. 내가 '그 바깥 누군가' 가 되고 싶어 할 것을 호은은 명확히 알았을 터이므로. 내게 호은 자신을 찾아 모험

을 떠날 용기가 없다는 것도 알았을 것이므로—혹은
그 정도의 애정을 자신에게 가지기 않았을 거라 짐
작했을 것이므로—. 호은은 내가 가장 편안해할 수
있는 길을 선택하도록 한 것이다.

역시나 전처럼, 활자를 양탄자 삼아 오른 채 회피
하고 도망치는 길을 선택하도록.

\* \* \*

메모가 거기서 끝난 줄 알았는데, 아니었다.

혹시 내가 증오스러워져 마구 굴리고 할퀴다 어디
매달아버려도 이해할게요. 내가 인물이 되길 자처했
으니 감당해야지.

거기까진 괜찮았는데.

죄책감은 가지지 말아요. 어차피 아는 사람을 이야
기 안에 멋대로 데려다 놓고 괴롭히는 거, 잘하잖아.

## 23

*

 

나는 무얼 어떻게 써야 할지 몰라서, 송민정을 자주 찾아갔다. 송민정과 화자는 언제나 그곳에 장승처럼 우뚝 서 있었다. 나를 볼 때마다 송민정은 빙글빙글 돌아가는 화자의 얼굴 중에서 하나를 택해 그 이마에 가만히 손을 갖다 대었다. 그러면 교복을 입은 이의 평면적인 매끈했던 얼굴에 순식간에 굴곡이 드러났다. 솟아오르고, 움푹 꺼졌다. 다 내가 아는 얼굴들이었다. 가령 어느 날 보인 얼굴에게 내가 했던 말을 나는 기억했다. 너는 약간 의지박약이야. 네가 걔를 미워하는 걸 내가 모를 것 같니? 알아, 왜 미

위하는지도. 그런데 걔가 얼마나 죽어라 하는 줄은 아니? 그만큼도 안 하면서 질시하는 것은 너의 욕심 아니니? 누가 너에게 동조해줄 것 같아?

그 말을 교복이 똑같이 말했다.

어느 날엔, 또 하나를 택했다. 그 역시 누군지 나는 알았다. 그 애에게는 이렇게 말했었다. 네 인생에서 제일 중요한 게 뭔지 생각하고 행동하자. 네가 지금 문제를 제기하고 가해자를 걸고넘어져도, 아무것도 바뀌지 않을 거야. 질질 늘어지는 싸움에 갇힐 수밖에 없지. 그런데 가해자가 벌을 받을 수 있을지도 확실치 않아. 다들 부드럽게 넘기자고 할 거야. 그 애의 성적이나 임원 경력을 가지고 선을 판단하고, 너의 출결을 가지고 악을 규정할 거야. 그러니까 이번엔 참고 넘어가자. 너를 위해서야. 네가 다치지 않기 위해서.

그 말을 똑같이 되풀이했다.

다음 얼굴은 아마도 호은이 민의 모델로 삼았을 K─호은은 K와 상당히 가까웠다─였다. 나는 부모의 은근한 학대를 고백하는 K에게 말했었다. 나도 그랬어. 그랬는데, 참다 보니까 부모님이 서서히 나이가 들며 부드러워지시더라.

나는 서로 다른 얼굴들을 볼 때마다 울었다. 이제는 정말로 혼자란 느낌이 들어서. 이곳에 처박힌 채 영원만이 지속될 거 같다는 생각을 하면서. 계속해서 돌아가는 저 얼굴들에게 내가 지껄인 모든 말들을 확인받고, 괴로워하고, 또 확인받고, 역겨워하면서….

그럴 때마다 누군가의 손가락이 내 눈 밑을 훔쳐냈다. 완전히 흐려졌던 시야에 다시 초점이 잡히면 손가락의 주인은 언제나 교복이었고, 얼굴은 여전히 움직이는 중이었다. 저 얼굴은 누구의 얼굴이었더라.

어느 때의 얼굴은 잘 아는 다정한 아이의 것이었다. 그는 말했다.

"쌤을 미워하는 게 아니에요. 탓하는 것도 아니고요. 어차피 어른들은 다 그렇게 똑같이 말했으니까. 쌤처럼. 쌤은 어쩌다 운이 나빠 어른 중에서 선택을 받았나 봐요. 저는 지구가 멸망해서 좋았어요. 다음 생일까지 살고 싶지 않다고 생각했거든요. 학교에서 장래 희망으로 적어낸 삶은 너무 멀고 불가능했어요. 대단한 걸 적어낸 것도 아니었는데. 저는 장래 희망을 그렇게 썼었죠. 회사원이라고. 쌤이 다시 써 오라고 했어요. 마치 못 볼 걸 봤다는 투로, 어떤 회사에 가서 무슨 일을 하고 싶은지 써와. 저는 어디서도 그런 걸 배운 적이 없었는데."

호은과 어울려 다니던 아이였다. 그 애의 엄마는 내게 전화를 걸더니 물었었다. 정호은이라는 애는 어떤 앤가요? 우리 애가 걔랑 놀더니 자꾸 주말마다 영화를 본다, 연극을 본다 하면서 나돌아다니는 거예요. 선생님, 아이, 다른 친구 흉보는 건 아닌데, 아시잖아요. 워낙에 지금이 중요한 시긴데⋯. 제가 말을 하면 애가 듣지를 않아서 어떻게, 선생님이 좀 따끔하게⋯.

"내가 어떻게 했어야 했을까?"

내가 물었다.

그러자 그 아이는 대답했다.

"했어야 했니, 하고 묻는 것에 의미가 있을까요."

그러더니 말했다.

"이제 무얼 할 수 있냐고 묻는 것이 낫겠지요."

그 애는 일어섰다. 그러더니 블라우스 단추를 하나씩 끌렀다. 블라우스를 벗고 나서는 제 앞에 곱게 개켜 두고, 치마도 벗어 각을 잘 잡아 그 위에 두었다. 그러고는 얼굴들 사이를 휘적휘적 하릴없이 걸어 다니던 송민정을, 민정 쌤, 하고 불러 세웠다. 흰색 런닝에 검은색 속바지 차림인 그 애 옆에 송민정이 함께 섰다.

그 애가 개켜둔 교복 위에 작은 무언가를 내려놓았다.

"스승의 날 케익에 제가 불을 켰었는데. 쌤은 되게 싫어하셨지만. 스승의 날에 차라리 학교가 쉬면 좋겠다고 하셨죠. 오글거린다고, 내가 뭘 했다고 이런 걸 받느냐고."

성냥이었다.

"우리가 모두 죽지 않았다면 오늘이 스승의 날이었을 거예요."

아이는 웃었다.

"어렸을 때부터 그렇게 불장난을 해보고 싶었는데. 생각해보면 제가 처음 가진 장래 희망은 캠프파이어 장작에 불붙이는 사람이었던 것 같아요."

"장작에."

"너무 놀라운 사건이잖아요. 어른들이 하지 말라
는 걸 하는데. 그런데 모두가 환호해주고 모두가 행
복해하고. 장작을 쌓으면서 내내 생각했을 거예요.
오늘의 애들은 무슨 춤을 어떻게 출까. 무슨 음악을
틀어주면 가장 신나게 놀 수 있을까, 오늘을 잊지 않
을 수 있을까."

"태울 수 있는 것들이 이곳에는 아주 많지…."

"그리고 쌤에겐 미래를 책임져야 할 사람이 있잖
아요."

나는 아이를 바라보았다. 알고 있었어?

"과거의 모든 걸 다 불태워버리면 그 사람을 정말
로 구할 수 있지 않을까요? 어쩌면 쌤이 그 이전의
것들에 붙들려서 숲으로 떠난 사람들을 방황하게 만
드는 걸지도 몰라요. 그 사람들에겐 과거가 아니라
앞으로가 더 위협적인데."

아이의 말에 나는 대답했다.

"호은이 이러라고 한 거야?"

그러자 아이는 물끄러미 나를 바라보더니, 천진하
게 대꾸했다.

"그게 중요한가요?"

## 24

*

그 대꾸를 들은 날 마침내 우리는 다시 대체적인 세상을 나왔다―내가 나오자고 했다―. 모래바람이 가득 불기 시작한 공터를 지나, 이제는 꼿꼿하게 멈춰선 갈대의 사이를 건너, 나와 호은과 민이 머물던 거처를 모른 척하며, 기억의 탑에 다다랐다.

사슴들은 온데간데없었고, 송민정은 화자의 손을 내내 잡고 있었다.

송민정은 이제 차분해졌다. 잘 벼린 칼날 같던 공격성은 사라졌다. 런닝과 속바지 차림의 화자는 무언가 노래 비슷한 것을 흥얼거리고 있었다.

"무용하고 무의미한 것을 만들어내는 행위의 쓸모와 의미를 알잖아요."

"알죠."

"그게 얼마나 아름다운지도요."

"알죠."

그러나 나는 그때조차 용기가 없어서, 결국 가상의 불밖에는 지를 수가 없었다.

화자의 손에 불씨를 쥐여주는 식으로.

나라는 자신은 그저 마냥 안전하게끔.

그리고 내가 자신을 찾아 길을 떠났다고, 그럴 수 있었다고 호은이 믿을 수 있도록 화자에게 '나'라는 이름을 부여하였고 얼굴이 고정된 화자는 길을 떠날 채비를 하기 시작했다.

## 화자, 진술_1

＊

나는 호은과 민을 찾아야만 했다. 그들이 숲에서
길을 잃지 않도록 해야 했다. 밤의 추위에 떨고 미지
의 공포에 압도당하고 길 없는 곳에서 발목을 잡아
채는 넝쿨들에 굴복하지 않도록 해야 했다.

그 전에, 해야 할 일이 있었다.

＊ ＊ ＊

내가 보러 갔던 호은의 연극은 방화로 끝이 났다.
마음에 드는 건 그거 하나뿐이었어요. 호은은 투덜

거리며 말했었다. 왜? 내가 퉁퉁 분 얼굴로 묻자 호은의 대답은 그랬다.

"가장 미련 없어 보이는 방법이라서. 제가 맡은 주인공이요, 죽어서도 원념을 떨치지 못해서 소복 입은 채로 이승을 마구 떠돌며 사람들을 관찰하고 또 자기가 아직 여기서 보고 있다는 사실을 전달하려 애달프게 힘을 쓰잖아요. 근데 마지막은, 죽어서도 떠나지 못한 집을 불태우는 걸로 끝나죠. 그래서 좋았어요."

나는 참 밉게도 이의를 제기했다. "근데 너를, 그러니까 주인공을, 죽게끔 괴롭힌 사람들을 결국 너는 대피시키려 했잖아. 불을 지르기 전에."

'너'와 '주인공'을 나는 자꾸만 섞어 썼다.

"근데 실패했죠."

"그래. 그것도 좀 완성도를 떨어뜨리는 요인이 아니었나. 왜 그런 식의 이야기를 넣었지? 어차피 다 끝낼 거라면 확 끝내지. 굳이 한 템포 쉴 일이 있었나, 심지어 피해를 당한 네가 가해한 이들을 생각하는 식의 장면을 넣어서."

그러자 호은은 뜻밖에도 대답했었다.

"그거 내가 낸 의견이었어요."

* * *

민이 마구 펼쳐서 쌓아놓은 두루마리 더미가 그대로 남아 있었다. 나는 성냥을 송민정에게 넘겨주었지만 송민정은 고개를 저었다. 이건 당신이 하는 게 맞아요. 그러더니 내 몸에서 벗겨 개켜둔 교복을 그 위에 올려두었다. 나는 성냥을 손에 들고 나 자신에게 말했다. 부르고 싶은 노래를 불러. 마음대로 춤을 춰도 좋을 거야. 네가 장래의 너로 희망했던 만큼, 충분히.

지금은 서로 다른 꿈을 꾸고 있을 옛 지구의 어른들이 네게 캠프파이어를 맡기지 않은 것을 후회할 만큼 멋지게 말이야.

나는 불이 붙은 성냥을 종이더미 위에 떨어뜨렸고, 청색과 녹색이 섞인 불이 피어오르는 것을 지켜보았으며, 별로 놀라진 않았고, 그저 청과 녹이라는 이 색이 나의 어느 부근에서 출발했을까를 잠시 궁금해하다가, 송민정이 그 안으로 발을 들이는 것을 막지 못했다.

종이가 타는 소리는 갈대가 서로의 몸을 비비는 소리와 크게 다르지 않았다.

나는 뒷걸음질 쳐 탑 밖으로 나왔다.

불길이 널름거렸다.

불티가 나부꼈다.

그 모양새가 잎사귀 같아서 나는 다시 숲을 생각했다.

누군가 내게, 숲으로 가라고 말했던 기억이 났다.


우뚝 선 탑은 활활 탔다. 불길은 나와 호은이 머물던 거처 쪽으로 옮겨 붙었다. 불길은 이미 어디로 향해야 할지를 알고 있는 사람처럼, 춤을 추면서도 뚜벅뚜벅 계속해서 걸었다. 우리의 거처를 삼킨 후엔 아마 허공에서 휘날리는 불티가 갈대밭으로 떨어지겠지. 나는 예상했다.

그러나 숲은 평온한 표정으로 그 광경을 바라보고

있었다. 불타지 않는 절벽에 막힌 듯 불길은 숲의 어귀조차 건드리지 않고 그대로 지나갔다. 이브가 그렸던 세계처럼, 이곳은 대체적인 세계의 밖, 부가적인 세계에도 속하지 않는 더 철저한 외부이니까, 그래서 아마도. 호은과 민이 만약 나와 함께 돌아올 수 있다면, 그렇다면 저 불이 그때쯤이면 꺼져 있을까. 세계는 어떻게 변해 있을까.

호은이 출발하기 전 묶어놓은 리본들은 그새 조금 색이 바래고 올이 풀린 채 여전히 매달려 있었다. 나는 아무것도 묶지 않았다. 빌 소원이 더는 없었다. 내가 만든 세계에게 내가 소원을 빈다는 행위가 우스꽝스러웠다.

겨우 다섯 발자국을 걸었을 뿐인데, 금세 방향을 알 수 있었다. 빽빽한 생명의 틈을 비집고 들어와 바닥에 떨어지는 햇빛이 선형적인 무늬를 그리는 중이었다. 방향성도, 목적성도 분명한 길을 만들고 있었다. 나무가 지닌 의도였다. 하늘과 나의 머리 사이에서 가지들을 움직였다. 바닥의 사정은 조금 달라서 몇 번이나 굵은 나무뿌리에 채여 넘어질 뻔했다. 그러나 그러한 뿌리를 가진 나무들은 아주 컸고, 저마다의 고유한 영역을 침범하지 않는 한에서 살아가고 있었다. 그 널찍한 사이를 오가는 것은 어려운 일이 아니었다.

밤은 찾아오지 않았고 모두가 놓친 지구 역시 그 누구의 머리 위로도 더는 떠오를 생각이 없어 보였다.

인간으로서 살기 위한 당연하지만 구차해 보이는 행위, 그러니까 물을 마시거나 무언가를 먹거나 찌꺼기를 배설하는, 그런 행위에의 욕구가 들지 않는다는 사실을 깨달은 시점에 나는 어느 나무의 밑동에 비스듬히 누워 있는 두 개의 배낭을 발견했다. 민도 호은도 아마 모두, 이맘때쯤 비슷한 생각을 한 것이다.

똑같이 생긴 배낭이라 주인이 정확히 누구였는지 알 수는 없었다. 다만 그 두 배낭이 겹쳐진 모양새로 봐서, 조금 더 뒤쪽에 있는 가방이 아마 민의 것이었으려니, 하고 예상할 수 있었다. 나는 조금 주저하다가—남의 것에 손을 대고 그 안을 들여다보는 건 언제나 양심의 가책을 불러일으키는 일이다—뒤쪽에

있는 가방을 먼저 열었다. 그리고 속삭였다. 귀여워
라, 귀엽기도 하지. 물과 에너지바, 아주 작은 주머
니칼이나 호루라기 혹은 손전등 따위의, 자기 나름
대로 신경 썼지만 결국엔 쓸모없는 것으로 밝혀질
물건들이 가득했다. 호은은 얼마나 걱정했을까. 그
리고 얼마나 막막했을까.

호은의 배낭을 열어보니 역시 사정은 마찬가지였
다. 좀 더 깊숙이 손을 넣어 휘저었다. 그러다 나지
막이 아, 하고 소리를 지르며 손을 뺐다. 아주 가느
다란 상처가 검지에 나 있었다. 피가 그 끝에 맺혔
다. 종이에 베인 상처였다.

수첩이 나왔다. 삼분의 일 정도의 종이만 울어 있
었다. 왜 호은은 이걸 버리고 갔을까. 나는 수첩을
펴길 주저하다가, 이브의 말을 떠올렸다. 민과 똑같
은 물건들을 넣은 배낭을 만들어 달라고 했다던 말
을. 민의 배낭을 다시 뒤져보았다. 그 실낱같은 상처
하나가 났다고 손가락이 욱신거렸다. 검지를 접은
채 나머지 네 손가락으로만 서툴게 물건들을 하나하
나 꺼냈다. 민의 수첩은 가장 아래쪽에서 나왔다. 아

무엇도 쓰지 않았을까? 그래서 이렇게 깊숙이 처박혀 있던 걸까? 짧게 예상했지만 곧 아니라는 사실을 알았다. 민의 수첩은 오히려 호은의 것보다 더 손을 탄 듯 보였다. 내가 방금 꺼내 아무렇게나 늘어놓은 물건들이 더 새것 같았다.

민의 수첩을 먼저 열었다. 기록을 시작하는 글씨체는 내가 익히 아는 모양의, 자음을, 특히 이응을 아주 크게 그리는 이의 것과 똑같았다. 이것이 불편한 아대를 찬 민의 손글씨일까?

두어 줄을 읽자마자 아니라는 것을 깨달았다.

나는 호은의 수첩도 마저 열었다. 낙엽이 쌓인 흙바닥에 두 개의 수첩을 나란히 놓았다.

두 편의 기록은 단 한 끗의 차이도 없이 동일했다.

◆

이 글자가 보여요? 보였으면 좋겠습니다. 어차피 이곳이 예전에 저와 정민 씨가 살던 곳처럼 합리적으로 돌아가지 않는다는 것을 알기에 갑자기 그런 생각이 들더라고요. 제가 바라는 대로 모든 게 이루어질지도 모른다는 생각이요. 저는 정민 씨의 것과 똑같은 수첩을 하나 더 구했고 정민 씨가 이 글자들을 볼 거라고 믿으며 한 자 한 자 적어요. 오늘은 달이 조금 적게 떴어요. 숲에선 부족한 개수의 달이 큰 영향을 미칠까요? 정민 씨는 과연 수첩을 열어볼까요? 그곳엔 내가 원하는 대로 내가 손으로 적은 이 글씨들이 전해져 있을까요? 정민 씨는 내게 답장을 할까요?

누군가를 걱정한다는 행위가 정확히 무엇을 가리킬 수 있는지 저는 정민 씨를 숲으로 보내면서 궁금해졌어요. 저는 정민 씨의 안위를 걱정하는 걸까요? 아니면 정민 씨가 다시는 돌아오지 않을까 봐?

혹은 정민 씨가 숲으로 들어간 목표를, 끝내 이룰까봐서요?


괜찮다면 아주 잠시, 정말로 내가 하고 싶던 이야기를 정민 씨에게 아주 이기적으로 하겠습니다. 어떤 기분일까요, 자신을 불러다놓은 서툴고 우울한 창조주에게서 푸념을 들어야만 한다는 것은?

일단은 너무나 미안해요.

그리고 내가 미안하다는 말을 할 줄 아는 사람이란 사실에 어쩌면 나 자신이 뿌듯해하는 것일지도 몰라, 그것이 더욱 미안해요.

나는 당신을 마치 허공에서 낚아챈 것인 양 표현했고 남에게도 그런 식으로 투덜대며 연기를 했어요. 그렇지만 아니었죠. 갈대밭을 달리면서 타인의 욕망을 듣던 어느 날에, 문득 억울해진 거예요. 왜 내 욕망은 남에게 이야기할 수 없을까. 나는 혼자 살아남았다는 이유만으로 일종의 화장실이 되어야 하는 걸까. 그래서 그다음부터는 남의 욕망을 덮는 목소리로 내내 빌기 시작했어요.

마음을 온전히 줄 수 있는 누군가를 주세요.

내가 사랑할 수 있을 만한 누군가를 주세요.

그로 인해 아무도 읽지 않고 누구도 되짚어주지 않을 이야기를 완성할 수 있게 해주세요.

약속을 지킬 수 있게 해주세요.

당신이 그려진 두루마리를 꺼낸 후에 투덜대며 다

시 집어넣고선 곰곰이 고민하는 척하며 다른 누군가를 끄집어내 주인공으로 대신 삼았다면 얼마나 좋았을까. 뒤늦게 아주 많이 후회했어요. 선생님이 당신을 갈대밭에서 주워 데려왔을 때부터요. 얼굴의 굴곡이 빛을 반사하는 모양이나 내쉬는 숨의 온도, 조금씩 곱슬거리는 머리카락의 부피감 같은 것을 알지 못했으면 얼마나 좋았을까. 그런 것들은 납작한 정민 씨에게서는 알아낼 수 없으니까. 그러면 나는 하나도 혼란스럽지 않았을 거예요. 당신을, 그냥 우리 세상의 어느 구석에 존재했던, 너무 빨리 모든 게 끝나버렸기에 아쉽게도 만나지 못한 나의 이상향으로 남겨놓을 수 있었을 거예요.

그러나 이제 더는 되돌릴 수 없고, 아니, 되돌릴 수는 있어요, 그냥 내 노트북에서 키 하나만 누르면 해결되는 일이니까, 그러나 저는 절대로 그럴 수가 없다는 걸 제가 알아요.

어떻게 당신을 삭제할 수 있겠어요.


숲은 어때요? 어둡나요? 밝나요? 나무들은 호의

적인가요? 아니면 당신의 진로를 계속해서 가로막나요? 몸이 힘들진 않아요? 밤의 추위는요? 무언가실마리를 찾았나요? 아니면 아직도 미지를 향해 전진하는 중이에요?

왜 가야만 했나요?

돌아올 생각은 없어요?

그렇게 저는 물으나 동시에, 소망대로의 일이 일어나지 않을 것을 알아요.

웃기죠.

내가 창조자인데 말이에요.

✦

그로부터 두 줄 아래 타인의 글씨가 시작되었다.
모든 모음의 시작점을 살짝 꺾는, 정갈한 글씨였다.

✦

저는 잘 지내고 있어요. 이곳엔 밤이 없고 나무들은

길을 열어주며 사위가 아주 고요하죠. 절대적인 정적을 경험해본 적이 있어요? 아마 절대 없을 거예요. 적어도 내가 기억하고 있는 세계에서는. 그것이 허구라 한들 무엇이 문제인가요? 어차피 저의 존재 자체가 허구라면 나를 구성하는 기억도 마찬가지겠죠.

그게 무슨 위력을 가질까요?
전혀요.

숲에서 다시 만나요.
저는 여기가 진짜 세계라고 생각해요.
그것은 아마 제가 진짜 사람이 아니기 때문일 테지만 무슨 상관일까요. 어차피 이전의 만물은 남루하고 형편 없었던 것을.

저를 찾으러 아무것도 아닌 세계로 와달라는 말은 못 하겠지만, 아마도, 기다리겠다는 말은 할 수 있을 거예요.
이 안으로 들어오면 저를 어디서 어떻게 찾을지 다 알

수 있게 될 거고요.

　나는 아마 돌아가지 않을 거예요. 확신이 들어요. 아마도 제대로 실패하겠죠. 여기를 계속해서 맴도는 유령처럼 살아갈지도 몰라요. 하지만 괜찮아요! 저는 어렸을 때부터 환상적인 이야기 속에 나오는 숲 속의 정령 같은 게 되고 싶었어요. 로빈 후드 같은 것도 좋지요. 이런 기회가 왔다는 사실이 기뻐요.

✦

　그 아래 호은은 딱 한 줄을 적었다.

　제가 갈게요.

　그리고 민이 대답했다.

　그럼 저는 되돌아갈 수 있을 만큼을 갈게요.

　나는 주저하다가, 두 사람의 수첩을 주머니에 넣고 다시 길을 나섰다.

# 화자, 진술_2

✳

작은 인영을 발견한 것은 어디선가 갑자기 물소리가 들리더니 불쑥 계곡이 모습을 드러내는 시점에서부터였다. 처음에는 민인 줄 알았다. 아주 비슷하게 생겼다. 그러나 몰래 조금 더 관찰하니 차이점이 보였다. 이마가 조금 더 좁았고, 팔다리는 더 까무잡잡했다. 머리 역시도 원래의 민보다 더 짧았다. 내가 보든 말든 아랑곳하지 않고 그는 물이 얕은 곳에 서서 맨발로 계속 물을 차올렸다. 물방울이 연신 허공으로 튀어 올랐다가, 산산조각이 나며 부서졌다.

"저."

나는 기슭에 서서 남자를 불렀다. 돌아보지 않을 거라 생각했는데, 뜻밖에도 대답이 날아왔다. 놀랍지는 않다는 투였다.

"네."

"혹시 여자를… 아니, 남자랑 여자를 본 적이 있으세요? 여기로 지나갔을 텐데."

남자는 눈을 가늘게 뜨더니 고개를 저었다.

"여기서 저 아닌 사람을 본 건 처음인데요. 제가 기억하는 한."

몸에서 힘이 스르르 빠져나갔다. 내가 잘못 온 걸까? 아니면 숲이 나를 그들과는 다른 방향으로 멋대로 인도한 걸까? 어쩌면 민과 호은이 지나간 후 남자가 여기 등장했을지도 몰랐다. 그러면 조금 희망이 있겠지만….

"시원해요?"

에라 모르겠다, 하는 심정이 되어 물었다. 남자는 대답했다. 직접 들어와보면 알겠죠.


피부가 쪼글쪼글해질 정도로 오래 물을 찬 후 남

자가 시키는 대로 뜨겁게 달궈진 마른 바위에 발을 올려 말렸다. 둘이서 서로 물을 차올릴 때는 그 소리 때문에 별말을 하지 않아도 되었는데, 물 떨어지는 소리가 그치고 나니 사위가 지나치게 고요하다는 생각이 들었다.

"여기 뭐가 있네요."

먼저 발을 말리고 샌들을 꿰어 신은 남자가 나를 불렀다. 나도 신발을 대충 구겨 신고서 남자의 옆에 섰다. 작은 돌을 쌓아올린 무더기였다. 그리고 그 위에는 찢어낸 종이 한 장이 날아가지 않도록 돌에 눌린 채 얹혀 있었다. 내가 가지고 있는 수첩과 같은 종류의 종이였다. 나는 수첩을 다시 열어보았다. 다시 보니 호은과 민의 수첩은 서로 두께가 조금 달랐다. 호은은 뒤의 몇 장을 찢어놓았다. 그러고 보니 호은의 배낭 속에 펜이 없었다는 사실도 깨달았다. 아마 펜은 아직 호은의 품에 있을 터였다.


계곡을 지키는 사람
물장난을 함께 쳐주는 사람

아무것도 묻지 않는 사람

주변을 둘러봐주는 사람


　호은과 민의 글씨가 교대로 한 줄씩 적혀 있었다.
그래도 어딘가 평평한 곳에 대고 적은 듯 글씨가 아
주 비뚤지는 않았다. 나는 남자에게 이곳에 남을 거
냐고 물었다. 남자는 고개를 끄덕였다. 저는 하고 싶
은 일이 더 있거든요. 그러고는 엉덩이에 흙이 묻든
말든 아랑곳하지 않고 바닥에 철퍼덕 앉아 웃었다.
　"이 종이는 제가 가져가도 될까요?"
　내가 묻자 남자가 어깨를 으쓱했다. 제 것이 아니
고, 저는 아는 바가 없어요.
　물론 내 것도 아니었지만, 나는 종이를 접어 주머
니에 집어넣었다. 남자가 손을 흔들었다. 나도 천천
히 손을 들어, 좌우로 흔들었다. 이런 식의 인사를
마지막으로 한 적이 언제였을까. 물을 지키는 사람.
나는 그 일곱 글자를 입에 넣고 천천히 굴렸다. 한
글자씩 음미하다 목 뒤로 넘기며 걸었다.

* * *

그다음 만난 사람을 나는 하마터면 밟을 뻔했다.
별생각 없이 바닥에 내리쬔 빛의 방향이 안내하는
대로 걷다가 갑자기 허여멀건 한 것이 툭 튀어나오
는 바람에 비명을 지르며 주저앉고 말았다. 그것은
몹시 놀라며 죄송하다고 연신 외쳤다. 그러나 사실
나도, 급습에 놀랐을 뿐이지 새로 맞닥뜨리는 존재
가 누굴 닮았을지는 대충 예상하고 있었다. 호은과
비슷한 얼굴을 가졌겠지. 역시 그랬다. 자매라고 하
면 믿을까. 열세 살 정도의 호은을 사진으로 찍는다
면 저랬을 수도 있겠다. 호은은 뻔뻔하게 말하곤 했
으니까. 쌤 제가 초딩이었을 땐 진짜 그늘진 곳 하나
없이 귀여웠걸랑요.

"괜찮아, 괜찮아요."

내가 말해도 아이는 계속 조금씩 눈치를 보았다.
괜찮다니까. 내가 어깨를 으쓱 들어올리자 슬슬 작
은 얼굴에 웃음이 번졌다. 아이는 머리가 짧았다. 남
자인지 여자인지 가늠하기 힘들었다. 그러나 무엇이

든 어떠랴. 나는 생각했다. 그런 이분법도 이젠 그저
우스운 유물일 뿐이었다.

"여기서 뭐 해요?"

내가 물었다. 왠지 성별만큼이나 나이도 가늠할
수 없을 거란 생각 때문에 나도 모르게 존대를 했다.
아이는 말했다. 몸 바꾸기요.

"네?"

"가장 익숙하지 않은 방법으로 몸을 움직이는 거
예요… 가장 우스꽝스러워 보이는 포즈로… 가장 몸
이 삐거덕대는 방향으로 말이에요… 다른 것이 되어
보는 거예요."

"방금은 무얼 하고 있었는데요?"

"방금은 낮게 뛰기를 하고 있었어요. 보셨죠?"

"낮게 뛰기라니."

"최대한 몸을 땅에 붙여 뛰는 거예요. 대신 땅에
몸이 닿으면 안 돼요."

"그건 또 왜요."

"땅에 닿으면 뛰기가 아니라 기어다니기, 잖아요."

그건 그러네. 나는 고개를 끄덕였다.

242

"또 뭘 할 수 있을까요?"

그 애가 물었다.

이렇게까지 무언가를 곰곰이 고민해본 적이 있었나. 이미 생명을 유지하기 위한 일체의 욕구를 상실한 상태는 아마 깊은 고민에는 최적인 모양이었다. 아이는 계속 기다렸다. 힌트 좀 줘요. 내 말에도 고개를 저었다. 한 번 생각하고 나면 그다음부터는 진짜 쉽다고요!

"느리게 달리기는 어때요?"

첫 아이디어는 내가 생각해도 형편없었다.

"진짜 뻔하다. 너무 많이 해서 지겨워요."

"미안해요, 내가 너무 꽉 막혀서. 그럼 다시요."

"네."

"시끄럽게 침묵하기?"

"몸을 움직여야 한다니까요!"

"아, 미안요."

나는 내가 이곳에 발이 묶인 이후 조금도 움직일 기미를 보이지 않는 빛과 그림자의 모양을 가만히 바라보다가 뱉었다.

"역동적으로 응시하기?"

그리고 아이는 그 제안을 아주 마음에 들어 했다. 거 봐요, 생각하면 나온다니까!

저걸 응시하는 거예요. 아이가 어디선가 끈 하나를 가져와 나뭇가지에 리본 모양으로 묶어놓더니 말했다. 나는 그 끈을 어디서 많이 봤다고 생각했다. 이제 와선 별로 중요할 것도 아니었지만.

"어떻게 역동적으로 응시해요?"

눈알을 대충 굴리자 아이는 눈에 띄게 실망한 모습이었다. 그게 뭐예요. 하나도 역동적이지 않아. 그리고 무엇보다, 저기서 눈을 떼지 않아야 하는 거잖아요. 끝까지 바라봐야 하는 거잖아요.

네가 해봐…. 나는 조금 지친 기분이 되어 들리지 않게 중얼거렸다. 호은은 어떤 마음으로 이 애를 상상했을까를 가늠해보았다. 아니, 호은이 아니지. 내가 존재하던 세상에서 호은인 것처럼 가장한 나는 어떤 사람을 만나고 싶어 했을까… 무슨 광경을 원했을까….

"잠깐, 나, 생각이 났는데요."

아이가 답답하다는 듯 지루한 생각을 잡아채고 끼어들었다.

"봐요, 잘."

그러더니 뛰기 시작했다.

좌우. 좌좌 우우. 좌좌우, 우좌우좌. 전후, 전전후. 동남 북서, 동동서에 북북북. 두 번 위로 뛰고 세 번 아래로 웅크려 기어가기. 그러고는 전력으로 숲을 헤집으며 뛰기. 시선의 끝은 변하지 않으면서.

나는 따라했다. 따라해야만 했다. 그러고 싶었으니까. 좌우와 전후, 동서남북과 위아래….

그렇게 헐떡댈 정도로 한참을 움직이고 나서야 시선의 끝에 비로소 돌무더기가 걸렸다.


지지해주는 사람
지치지 않는 사람
이상한 사람
이상하지 않게 보아주는 사람


호은과 민은 이렇게 적었다.

# 화자, 진술_3

✳

아이를 떠나고 나서는 한동안 누구와도 마주치지
않았다. 대신에, 그래서, 호은에 대해 더 많이 되짚
어볼 겨를이 있었다.

작은 원룸의 모든 배수구를 막고 물을 틀어놓았던
호은에게는 무슨 일이 벌어졌던 걸까.

내가 어느 자리에서 그 이야길 털어놓았을 때 한
친구는 시큰둥하게 말했다. 약 부작용 같은 거 아닐
까? 우울증 약 부작용 같은 거 말이야. 자기가 뭘 하
는지도 모르는 거지. 다른 친구는 옆에서 호들갑을
떨기도 했다. 진짜 방 안에 가득한 핏자국 씻어내느

라 그랬던 거 아니야? 경찰들이 무능해서 시체를 찾지 못하고 넘어간 거지.

하필 그 일을 떠올렸을 때 살갗을 조금 차갑게 만드는 바람이 불어서였는지는 몰라도, 나는 다른 생각을 했다. 어쩌면 호은은 아주 추웠을지도 모른다. 허공이 너무 차서 무언가 따뜻한 것에 잠기고 싶었는지도 모른다. 그런데 그럴 수가 없으니까, 작은 욕조 하나를 살면서 가질 가능성이 없다는 생각이 드니까 아마도….

다른 이유가 떠오른 것은 빛과 나무들이 조금 경사진 길로 나를 이끌었을 때였다.

어쩌면 호은은 매일같이 몸을 눕힐 그 바닥이 기울었다는 의심에 휩싸였을지도 모른다. 피도 호흡도 사고도 아래로만, 아래로만 떨어지니까 모든 게 그토록 잘못 돌아가는 것일 터라고. 머리를 위에 두면 눈앞이 텅 비고, 다리를 위에 두면 더는 삶을 걸을 힘이 나지 않으니까. 그러니까 그 기울기를 재보기 위해서 물을 흘려 채워 넣으며 물이 움직이는 방향을 보려 했을지도 모른다. 축축이 젖은 매트리스 위에 가만히 누워서 말이다.

주르르, 어디론가 흘러가진 않을까 상상하면서, 혹은 제발 흘러라, 그래서 무언가 잘못되었다는 것을 확인시켜주길, 기대하면서.

그리고 이 질문은 곧, 잊고 있던 나, 내 모든 죄책감에 기인해 만들어진 세상에서 정작 초점을 맞출 타이밍을 놓쳐 내내 흐릿하던 나의 옛 상처와 아픔에 대한 말이기도 했다.

사람과 주고받은, 주고받는, 혹은 주고받을 수많은 영향들이 두려워 뒤로 내빼는 데 익숙해져버렸던 나나 호은 같은 사람들이 할 수 있는 일이라고는 대답이 들려오지 않는 종이를 향해 끝없이 말을 걸어보는 것뿐이었으니까.

나는 대답을 알았다.

맞다. 힘에 겨웠다. 그러나 배수구를 모두 막고 물을 틀어놓은 채 잠들지 않으려면 반드시 필요한 일이기도 했다.

호은도 분명 알았을 것이다.

등 뒤에 두고 온 불에 대해서도 생각했다.

대체적인 세계에서 탑으로 향하던 내내 하나도 보이지 않던, 자취를 감춘 사슴들에 대해서도.

불 속에서 춤을 추듯 팔다리를 휘젓던 송민정, 그리고 런닝과 속바지 차림의 그 애에 대해서도.


그리고 바닥에 무늬를 그리는 빛줄기의 너비가 갑자기 커졌을 무렵 두 사람과 마주쳤다.

# 화자, 진술_4

*

"시간이⋯."

두 사람을 번갈아 보며 입을 달싹거렸지만 더 긴 문장은 입에서 나오지 않았다. 그러나 남자 쪽에서 먼저 온화하게 인사를 건넸다. 반갑습니다, 누군가 찾아와줄 거라는 말이 진짜일 줄은 몰랐는데⋯. 저 멀리서 걸어오시는 걸 보고도 계속 눈을 비볐지 뭐예요. 반가워요, 정말 반가워⋯ 저기, 당신도 여기 이분과 인사를 나누도록 해요⋯ 그렇지, 혹시 악수를 해도 괜찮을지⋯.

여자에게 한 손이 잡혀 흔들리면서, 나는 시선을 어

떻게 두어야 할지 몰라 계속 눈알을 굴렸다. 이건….

호은과 민은 무엇을 바랐을까, 이번에는.

두 사람의 머리숱은 여전히 많았지만 색은 조금씩 희끗했다. 눈가엔 퍽 잘 보일 수준으로 주름이 잡혔고 여자의 경우엔 왼쪽 눈 옆에 작은 좁쌀 모양의 비립종도 돋아난 채였다. 두 사람 모두 목을 가로지르는 두어 개의 선을 가지고 있었다. 손발엔 핏줄이 불뚝 솟았고 다리엔 시퍼렇고 복잡한 혈관이 도드라졌다. 노화의 시작을 적나라하게 알리는 특징들이었고, 내 나이보다 약간 연상인 사람들이 겪기 시작할 변화이기도 했다. 제아무리 젊게 산다고 우겨도 거스르기 힘든 것들이었다. 아마 내가 보는 두 사람의 얼굴과 그들이 보는 내 얼굴의 선명도 역시 다를 터였다.

그러나 나를 당황시킨 것은 갑자기 나이가 들어버린 호은과 민의 얼굴을 마주하는 일이 아니었다.

그들이 아무것도 입지 않고 있다는 사실이, 그러나 몸에 아무것도 돋아나 있지 않다는 사실이 나를 아연하게 했다.

유두도 성기도 없는 사람들.

다섯 살짜리가 그린 인간처럼 투명하고 매끄러운 알몸을 가진 사람들.

얼굴만을 가진 사람들. 얼굴만 늙어가는 사람들.

나의 당혹스러움에도 불구하고, 두 사람이 서로의 반려자임은 너무나 명백했다. 언제부터인지는 모르겠지만 기억의 처음부터 우리는 함께 이곳에 있었고, 같이 있어서 당연히 행복했어요. 그들이 하나같이 똑같은 증언을 하는 바람에 나는 참지 못하고 물었다. 두 분이서 매일 여기 가만히 앉아 뭘 하는데요? 얼마나 했는데요? 정말로 행복해요? 아무 아쉬움 없이 충분해요?

매일이 뭐죠? 여자가 되묻고 나서야 그들에게 낮과 밤이 존재하지 않을 거란 사실을 깨달았다. 그들은 고립된 백야를 살고 있었으니까.

"호흡을 들이마시고 내쉬는 매 순간마다 보이는 것 중에서 가장 사랑할 대상을 고르다 보면 지루할 새가 없지요."

이십 년쯤 뒤의 호은처럼 생긴 여자의 말이었다.

두 사람은 나무의 옹이를 관찰했고 바닥에 그림을 그렸으며 서로의 웃는 소리를 우스꽝스럽게 따라했다.

나는 내가 지나쳐온 계곡의 남자나 낮게 뛰던 아이를 이 두 사람 역시 만난 적이 있단 걸 곧 알게 되었다. 혹은 일전의 두 사람을 만들어냈던 호은의 기억이 향후의 두 피조물에게 전이된 것일 수도 있다. 둘은 요란하게 웃으며 내가 익히 알고 있는 놀이를 하고, 나를 끼워 들이려 노력했다.

이미 숲은 꽤 깊어져 있었고 계곡의 깊이는 초반의 것과는 전혀 달랐다. 우리 셋은 멱을 있는 대로 감았고 머리 뿌리까지 모두 젖었다. 물기를 말리기 위해 쏟아지는 햇빛의 가운데에 섰다. 두 사람은 '역동적인 응시'엔 시큰둥해했지만, '들키지 않는 폭소'나 '아주 요란한 잠입'에는 열렬한 반응을 보였다. 두 행위 모두에 깊은 물이 필요했기 때문에 더더욱.

완전한 항복과 패배를 선언한 후 널따란 바위에 누워 한참을 빨래처럼 늘어졌다. 돌무더기를 찾으러 가야 하지 않을까. 문득문득 생각을 하면서도 사실은 미루고 미뤘다. 그걸 찾으면 떠나야 할 것 같아서 모르는 척하고 싶었다. 투명하고 매끄러운 몸, 욕구로부터 자유로운 날개 같은 몸을 가진 저들과 함께 지구가… 아니, 이 행성이… 세계가… 멸망할 때까지 버틸 수는 없을까. 그래도 괜찮을 것 같은데. 저들은 어른이니까. 내가 필요로 했던 어른이니까. 아이 같은 어른들. 뽐내지 않는 어른들. 사랑하는 어른들. 악의 없는 어른들.

그러나 주위가 한없이 밝은데도 까무룩 정신을 잃은 것은, 그렇게 나른하게 누워 있을 때가 아니었다.

두 사람과 함께 커다란 동굴을 찾아간다며 재게 발을 놀리고 있을 때였다.

나는 무슨 일이 일어났는지도 잘 몰랐다. 다만 눈을 뜨니 두 사람이 나의 팔다리를 주무르며 눈물을 흘리고 있다는 것만 알았다.

아니다, 그 이전의 일도 알았다. 나는 또다시 그 꿈을 꾸었다. 수많은 이가 빠지고 다시 돋아나길 반복하며 나를 숨 막히게 만드는 꿈.

꿈에서 돌아온 내가 소리를 내자 두 사람이 일제히 각자의 축축한 눈을 문지르더니 내 등과 낙엽 더

미 사이에 팔을 집어넣어 조심스레 상체를 일으켜
주었다. 그 팔의 감촉이 맨살에 고스란히 느껴져서
비로소 나는 내가 벌거벗고 있음을 알았다. 옷가지
는 발치에 곱게 개켜져 있었다. 마치 내가 어느 날
태워버린 교복처럼. 나는 내 몸을 내려다보았다. 저
두 사람의 것에 비해 얼마나 못생겼는지, 추악해 보
이는지, 이 얼룩덜룩하고 굴곡진, 저열한 욕망의 집
합체가 저들을 얼마나 당황시켰을지… 깨달았다.

　가야 했다.

　몸을 일으켰다. 이마에서 뜨끈한 액체가 주르르
흘러 콧방울 옆을 지나더니 입술에까지 닿았다. 짜
고 비린 맛. 저들을 얼마나 당황시킬 셈이었나. 나는
손등으로 얼굴을 훔쳐냈다. 피부가 갈색으로 변했
다. 손에서 쇠 냄새가 났다.

　그제야 내가 무너진 돌무덤의 옆에 누워 있었다는
걸 알았다. 호은과 민이 쌓아올렸을 무덤을 쓰러지
며 이마로 박은 모양이었다. 돌 몇 개에 핏자국이 묻
어 있었다. 나는 종이를 찾아 붕괴된 돌무덤을 헤집
기 시작했다.

수많은 이빨이 빠지는 꿈은 내가 처음부터 존재해서는 안 될, 존재할 계획이 없었던 폐기물 주제에 세상에 들러붙어 남아 있다는 비참한 생각에 빠져들 때마다 나를 찾아왔다. 나를 망가뜨리는 행위, 폐기물임을 인정하고 한없이 자학하는 행위를 통해 일말의 선의가 남아 있는 세상의 누군가를 죽도록 괴롭히고 싶다는 충동이 자신도 모르게 들 때마다. 그 꿈이 나를 떠난 것은 사람들과 연락을 끊은 채 방 안에, 어둠 속에 파묻혀 실재하지 않는 인물들을 쏟아내기 시작했을 때였다. 그 누구도 내게 선의 따위를 보이지 않을 때. 인물들을 생각하느라 나의 주위를 실제로 구성하는 세상을 잊을 때. 홀로그램 같은 허상을 좇아 뛰느라 주변의 지형을 잊을 때.

그러나 이번엔 의아했다. 왜? 나는 날카로운 돌에 손톱을 긁히며 자신에게 물었다. 왜 그 꿈이 다시 나를 찾아와야 했지? 나는 이들에게 그런 마음을 품을 자격조차 없는데.

그리고 돌무덤의 가장 아래에서 마침내 혈흔이 묻은 종이를 찾아냈다. 아마 내 이마에서 흘러나온 피일 터였다. 종이는 뒤집어져 있었다. 내가 그 종이를 손에 들려 할 때, 누군가 나의 팔을 붙잡았다.

여자였다.

"동굴을 먼저 보고 읽으면 좋겠어요. 가까이에 있으니까."

두 사람은 옷을 다시 꿰어 입는 나를 물끄러미 바라보았다. 나는 몸을 다시 가렸다는 사실에 안도했다. 종이를 읽지 않은 채로 접어 주머니에 넣어두었다. 그리고는 두 사람의 뒤를 따랐다.

# 화자, 진술_5
✳

"여기."

여자의 말처럼 동굴에는 정말로 금방 도착했다. 별 게 다 있는 숲이구나. 동굴 입구에 서서 생각했다. 물 떨어지는 소리와 초록빛이 아닌 내음. 밤이 오지 않는 숲의 어둠은 오로지 이 굴 안에만 고여 있었다.

"여기에 버려요."

무엇을? 말없이 물끄러미 응시하자 이번엔 남자가 대신 대답했다.

"버려야 할 것을 버리지요."

"두 분에게도 버릴 게 있어요?"

"우리는 아니에요."

"그럼요?"

"다른 두 분."

호은과 민의 이야기가 이들에게서 나온 것은 처음이었다. 어떻게 만났을까….

"무엇을 버렸어요?"

내 물음에 여자는 남자의 손을 붙잡았다. 둘 다 입을 꾹 다물고 있었다. 그 다물린 얇은 선이 내포하는 어떠한 종류의 주저함이 확실하게 느껴졌다. 그들은 내게 무언가를 말하지 못하고 있었다. 말해야만 하는 것을. 자기들이 알고 있는 것을.

나는 종이를 들었다. 동굴을 보고 '와서' 호은과 민이 무엇을 남겼는지를 읽으라는 뜻이 아니었구나. '동굴을 보고' 종이를 읽으란 뜻이었구나. 그들은 내게 무언가를 남기려 했고, 저 둘은 아마도 그것을 전달해야만 했던 메신저였을지도 모른다. 아마 그랬을 것이다….

종이에 적힌 글의 길이는 그 전의 것들에 비해 훨

씬 길었다.


　오직 사랑을 고백하는 행위로만 사랑을 하는 사
람들
　소중해야만 하는 사람에게 상처 주는 짓을 공존의
과정이라고 변명하지 않을 사람들
　발목을 감아 채는 욕구에 나자빠지지 않는 사람들
　평생을 대화만 해도 지치지 않을 사람들
　자기 몸 대신 사랑하는 자의 표정을 먼저 생각하
는 사람들
　다툼과 변명은 결국 사랑의 반의어가 될 수밖에 없다
는 사실을 아는 사람들
　가벼운 몸뚱이로만 살아갈 수 있는 사람들
　가벼운 몸뚱이로만 살아갈 수 있는 세계를 거스르지
않을 사람들


　그러나 그 이후의 기록은 조금 이상했다. 급작스
럽게 대화의 형태로 기록되어 있었다. 왜? 나는 의아
했다. 왜 이렇게 대화하는 모양으로 써야 했을까? 함

께 있었을 텐데.

굉장히 어두워요

뒤에 두고 온 것이 그립거나 후회되지는 않아요?

아니요. 그렇진 않아요. 홀가분하죠. 어차피 언젠
간 했어야 할 일인데 기쁘게도 고통 없이.

고통 없이?

아마도요.

우리가 원했던 것을 그들이 이뤄낼 수 있을까요?

기대는 하지 않을 거예요. 내가 알잖아요. 왜 태어
났는지도 모르는 채 꾸역꾸역 어영부영 사는 것이
얼마나 억울한 일인지를.

그럼에도 불구하고.

그럼에도 불구하고, 상상을 하죠. 내가 그토록 간
절하게 원했음에도 생전에 단 한 번을 마주치지 못
한 사람들이 실재하여 서로에게 영향을 준다면 어떤
일들이 펼쳐질까… 그런 것들을요. 두 눈으로 보지
못하는 것이 아깝지만, 내가 보아봤자 무엇을 하겠
어요.

얼굴이 없으니까 기분이 홀가분해요

민정이 당신을 알아보지 못할 텐데도?

그게요, 언제부턴가요.

네.

아무렴 어떤가, 하는 생각이 들었어요.

그게 무슨.

그 생각 때문에 얼굴을 버린 건데요. 저는.

왜요? 이젠 만나고 싶지 않아요?

내가 민정을 찾아다닌 게 아니라는 생각이 들더라고요.

그럼?

민정으로 대표되는 걸 찾으러 다닌 거죠. 이 세상에 민정밖에 없는 줄 알았던 사람을.


동굴의 어귀에 우두커니 서 있는 두 사람에게로 고개를 돌렸다. 굴곡도 습기도 음영도 없는 몸에, 철저하고 온전한 방향과 속도로 늙어간 얼굴을 위태롭게 올려놓은 두 사람에게. 그 기록은 민의 문장에서 끊겨 있었다. 나는 호은이 기록을 더는 남기지 않았다는 사실에 조금 웃었다. 민이 무슨 말을 하는지 호은은 알았을 것이다. 그리고 견디지 못했을 것이다.

자신이 듣고 싶던 말을 마침내 듣게 되는 그 순간을. 갑작스러운 수줍음에 몸을 떨었을 것이다. 그 애는 그런 애였다.

그리고….

호은과 민은 얼굴을 여기에 버리고 떠났나.

저 두 사람을 위해서. 머리와 눈과 입으로만 사랑을 증빙해낼 두 사람을 위해서.

"동굴 안에 버리는 것이 아니라 동굴 밖에 버리고 들어가는 것이군요."

나는 동굴 안으로 발을 들일 엄두를 내지 못하는 것처럼 보이는 두 사람에게 말했다.

"호은과 민도 그랬을 것이고요."

두 사람은 고개를 끄덕였다. 여자가 말했다. 자신들과 닮은 누군가가 찾아온다면 꼭 동굴 앞에까지 데려온 후에 그 이야길 전해달라고 했어요.

그러더니 조금 주저하다가, 말을 이었다.

그 사람이 어떤 꿈을 꾸는지는 아무런 언질을 주지 않았지만요… 그렇지만….

"이빨 꿈이요?"

내가 묻자 여자가 고개를 끄덕였다. 남자도 엉겁결에 함께. 두 사람 모두 내 꿈의 형태를 감지했을까.

"그것도 두고 가게 할 수 있을까. 두 사람이 얼굴을 두고 간 것처럼, 그렇게 만들 수 있을까…"

"그걸 여기 버리면 어떻게 해요."

그러고 싶지 않다. 절대로, 절대로 그 따위의 끔찍한 꿈을 평온한 이곳에 독처럼 뿌리고 갈 수 없다.

"나는 마지막까지 악하고 멍청한 역을 맡고 싶지는 않아요. 내가 들고 갈 거예요. 어떻게 해결을 하든 내가 할 거예요."

호은과 민도 마찬가지였잖아요.

짐이 될 것을, 썩어 냄새를 풍길 모든 것을 세상에 남기지 않기 위해 직접 들고 저 안으로 들어갔잖아요. 깊이, 깊숙이, 과연 끝이 있을지 아무도 모르는 심연을 향하여, 손을 붙들고 천천히.

결국엔 이 세계가 누구의 것이든 그렇게 중요한 일은 아니었는데.

어떤 유산을 남기고 갈 수 있느냐로 이 세계는 다시 달라질 텐데.

내가 이미 너무 많은 악의의 씨앗을 심고 가는 게 아닐까. 나는 그게 너무나 두려웠다. 결국 또 똑같은 시련을, 아픔을, 눈물을, 분노를, 절망을, 미움과 폭력을 잉태하게끔 만들고 뻔뻔하게 퇴장하는 것은 아닐까. 아름다운 자들을 빚어놓고 간 두 사람과는 다르게.

결국 내가 해낸 것은 불을 지른 행위밖에 없는데.

그 모든 것들에. 밖에. 미련이 그득그득 쌓인 공간들에.

어쩌면 나도 그냥 그곳에서 함께 타 재가 되었어야 하는 게 아닐까.

그러나 그랬다면 숲의 사람들을 만나진 못했을 터였다.

그러니 그들을 만난 것 역시 나 자신의 의도였다. 그렇다면 대체 나는 그 만남들에 어떤 의미를 부여할 수 있을까? 태동하는 새 공간에도.

나는 내가 무너뜨린 돌무덤을 다시 쌓고 그 위에 아직 마르지 않은 얼룩진 종이를 올려두었다. 얼굴을 두고 갈 거라면 어딘가에 이들처럼 염원을 남겨

두어야겠지. 그러나 나는 그러지 않기로 결심했다.

나는 창조자인 나의 부재를 마지막으로 선물하기로 했다.

빛이 알려주는 방향을 버린 채.

그것은 모든 것을 파괴하지 않기 위해 꼭 필요한 실패이기도 했다.

# 화자, 진술_6

*

자신을 창조한 이가 멀리 어딘가에서 노려보고 있다는 상상을 전혀 하지 않아도 되는 이들이 쌓아나가는 구조들은 얼마나?

태초부터 위계라는 개념이 존재하지 않던, 그리고 응당 져야 할 짐이, 행해야 할 의무가 그저 자기 자신만을 위한 아주 작은 움직임밖에 없던 세계는 얼마나?

돌무더기에서 태어난 이들끼리 환하게 내뱉는 언어들로 가득한 시간들은 얼마나?

티끌만도 못한 존재감을 가진 어느 한 사람의 몸

시 지구적인 실패로부터 자라난 피조물들이 이룰 전혀 다른 구조물은 얼마나?

그것들은 얼마나, 투명하고 유연하며 누군가가 바란 적 없는 바람에 따라 부드럽게 움직일까?

\* \* \*

안으로, 안으로 깊숙이 들어갈수록 나는 나를 둘러싼 공간이 동굴이라기보다는 우물과 닮았다고 생각하게 되었다. 무엇보다, 빛이 사라지지 않았기 때문이었다. 아주 얕게 찰랑이는 빛이 계속해서 주위를 맴돌았고, 내가 지구를 떠나기 전 들어가본 몇 안 되는 동굴에선 볼 수 없던 현상이었다. 그러나 나는 청개구리처럼 완전한 암흑을 원했다. 누군가 뚜껑까지 덮어주기를 바랐다. 자신이 파놓은 우물의 암흑 속에서 혼자 마지막을 정리하고 싶었다. 떨어진 이상 다시는 돌아갈 수 없는 곳에서.

나는 아무도 나를 찾지 않았으면 좋겠다는 간절한 바람에 남은 모두를 걸기로 했다.

빛의 반대로만 나아가기를.

그들끼리의 기쁨만을 동력으로 삼아 살아가기를.

아마 내가 뒤로 남기고 떠나온 세상엔 더 많은 존재가 있을지도, 그렇지 않을 수도 있지만.

그것은 더 이상 내가 손을 대서는 안 될 일이었다.

안으로, 안으로.

깊은 곳으로, 더 깊은 곳으로.

어둠과 물 냄새, 바닥에서 솟아올라와 걸음을 가로막는 석순, 그리고 여러 군데서 울리는 내 발소리의 반향이 익숙해질 즈음에, 나 자신의 호흡과 몸의 소리가 아닌 또 다른 소곤거림을 들었다.

호은이야?

속삭여 물으려 했지만 성대가 이미 말라버렸단 걸 혼자였기에 지금껏 깨닫지 못하고 있던 모양이었다. 소리가 나오지 않았다. 어느 곳엔가 목소리를 버리고 왔을까, 나도 모르던 사이에. 그러나 호은에게는 아직 묻고 싶은 것들이 남아 있었다. 그게 호은이든 내가 만들어낸 상이든 간에.

호은이야?

온몸에 힘을 주어 뱉었다. 한 덩어리인 줄 알았던, 별안간 우뚝 멈추어버릴 줄 알았던 소곤거림이 각자 다른 속도로 침잠하는 혼합물처럼 층을 나누며 찾아들었다. 하나가 아니었다. 둘도 아니었다. 아주 많은 수의 무언가가 기다리고 있었다. 내가 심연으로 내려오기를. 그들의 뒤를 쫓아 찾아들기를.

똑.

방울이 떨어지는 소리.

똑, 똑, 똑.

방울들이 떨어지는 소리. 이어서, 부드러운 발소리.

"왔어."

"왔어."

"드디어 왔어."

웅성거리는 낯선 목소리들. 호은의 것도 민의 것도 아닌.

곧 눈앞에 수십 개의 둥그런 광원이 떠올랐다.

* * *

빛은 모든 원들에서 왔다.

동굴의 가장 깊숙한 곳에 새겨진 문자가 가장 둥그렇게 곱아드는 모양에서부터 왔다.

속삭임은 모든 쉼표와 마침표에서 왔다.

읽는 이가 숨을 고르는 순간, 아무도 중요하다 생각지 않을 그 순간에 불현듯 찾아왔다.

나는 눈을 질끈 감았다, 떴다.

얼굴이 없는 호은, 얼굴을 잃은 민. 일순간 사라졌던 사슴들. 둥그런 눈의 이브. 민정과 교복을 입었던 누군가. 그리고 수많은 종이 인형들.

모두가 글줄의 사이에 위치하고 있었다.

"왔어."

"왔어."

"드디어 왔어."

목소리는 계속해서 울렸다.

문자들이 새겨진 벽에 몸을 붙였다. 열 손가락으로 얕게 패인 기록을 만지고, 호은의 얼굴과 흡사한 것들을 계속해서 찾아내려 노력했다. 다른 사람이 지구의 멸망 후에 다른 세계에서 나와 같은 아픔들을 반복하고 있을까? 나는 내 세계에서만큼은 다 잊고 싶었다. 후련해지고 싶었다. 이제는 그게 다였다.

거대한 벽 앞에서.

태초의 기록하는 수단 앞에서.

민의 몸을 껴안고 누운 호은을 벽의 끝에서 발견했을 때, 나는 왼쪽 몸을 바닥에 붙이며 그 애와 똑같은 자세로 누워 그 굽은 등의 위로 팔을 뻗어 둘렀다.

우리의 각자는 이가 빠진 원의 모양이었으니 연결되지 않은 한구석을 통하여 우리의 냄새가 새어 나가게 만들 수 있었을 것이다.

눈을 감고 숫자를 세기 시작했다.

백을 세기 전에 멈추고 싶었으며, 이 정도라면 그다지 나쁜 종류의 멸종은 아니라는 확신이 들었다.

어디선가 알싸한 재의 냄새가 났다.

그러나 저 밖의 사정은 더 이상 내가 관여할 바가 아니라고 비로소 확신했다.

## 25

✳

나는 손을 늘어뜨리고, 숨을 골랐다. 뭔가를 더 쓰라며 재촉하듯 껌벅이는 커서를 보기 싫어서, 모니터를 닫아버렸다.

이게 내 능력으로 네게 줄 수 있는 최선의 결말이야. 호은에게 말한다면 호은은 받아들일까?

이제 아무것도 남지 않았지. 천천히 일어섰다. 나의 화자는 사람들을 만났고, 여러 놀이를 했고, 마침내 아주 평온한 끝을 맞았다. 아프진 않았겠지. 나는 생각했다. 그런데 정작 나는 여기 앉아서 혼자, 호은이 사용하던, 니은과 이응이 주로 닳아버린 자판으로, 이야기나 쓰고 있었다.

현관문을 열었다. 갈대밭에든 다 타버린 폐허에든 가려 하는데, 발끝에 무언가가 걸렸다.

배낭이었다.

이브가 그 앞에 서 있었다.

"길도 아는데 이젠 가지 않겠어요?"

긴 주둥이가 말했다. 그래서 나는 이브에게 물었다. 이젠 혼란스럽지 않아요?

"출발해보고 생각하죠."

우문현답이었다.

**지은이..설재인**

2019년 《내가 만든 여자들》로 작품 활동을 시작했다. 소설집 《내가 만든 여자들》 《사뭇 강편치》, 장편소설 《세 모양의 마음》 《붉은 마스크》 《너와 막걸리를 마신다면》 《우리의 질량》 《강한 견해》 《내가 너에게 가면》, 에세이 《어퍼컷 좀 날려도 되겠습니까》 등이 있다.


**오프닝 그래픽..조은혜**

스트라스부르 아르데코에서 일러스트레이션을 공부하고 프랑스에서 그림과 만화를 만드는 작업을 하고 있다. 읽는 이와 보는 이의 마음을 풍요롭게 하는 이야기와 이미지를 짓고자 노력하는 중이다.

불가능하고도 가능한 세계
포비든 플래닛 Forbidden Planet

**캠프파이어**

1판 1쇄 찍음 2023년 6월 22일
1판 1쇄 펴냄 2023년 7월  5일

**지은이** 설재인
**오프닝 그래픽** 조은혜
**펴낸이** 안지미
**CD** S. Nyhavn
**편집** 김유라

**펴낸곳** (주)알마
**출판등록** 2006년 6월 22일 제2013-000266호
**주소** 04056 서울시 마포구 신촌로4길 5-13, 3층
**전화** 02.324.3800 판매 02.324.7863 편집
**전송** 02.324.1144

**전자우편** alma@almabook.by-works.com
**페이스북** /almabooks
**트위터** @alma_books
**인스타그램** @alma_books

**ISBN** 979-11-5992-384-5 04800
**ISBN** 979-11-5992-246-6 (세트)

알마는 아이쿱생협과 더불어 협동조합의 가치를 실천하는 출판사입니다.